ゲンさんとソウさん

松下隆一

薫風社

ゲンさんとソウさん

一

　ゲンさんは膝を抱えて座っていた。さんさんと輝く眩い陽の光を全身に浴びているのに、暗く深い谷底の住人に見えた。たった独りきりでうずくまって生きているような、生まれ落ちてから死ぬまで萎れた花のままのような、そんな侘しさを痩せた身体から放っている。

　音のない世界に生きていた。物音も人の声も、犬猫の鳴き声も、鳥のさえずりも、風雨の音も、自分自身の声さえも生まれてから一度も聴いたことがなかった。大きな音が間近で鳴った時に震動を感じる程度であった。搾り出してようやく「アー、ウー」という、声にもならないしわがれた声が出てくるだけで、話すこともできない。いつも広大な冬の荒れ野にひとりぼっちで取り残されている気分だった。

　ゲンさんの前には縁の欠けた焦げ茶色の茶碗が置いてある。そこに幾枚かの文銭が投げ込まれれば、その日一日を生き延びることができた。物乞いはゲンさんがこの世で唯一できる商いだった。

　自分の齢さえさだかではなかった。還暦の齢はゆうに越えているはずだったが、いつまで経っても子どものままのような、そんな心しかなかった。

髪は一毛もない。十年ほど前に数日の間高熱を出して寝込んだ際、気づけば髪がすべて脱け落ちてしまっていた。その歯は半分ほど失われ、痩けた頬から口のまわりにかけて、伸びた白い髭が埋め尽くしている。両袖のない綻び放題の単衣の色褪せた紺地の着物を着ていた。荒縄を帯代わりにして結んでいるので、着ているというよりボロを身に巻き付けているといったほうがしっくりとくる。履物もなく、腕や脛は炭を塗りたくったように黒く汚れていた。

乾いてひび割れた唇を半開きにして空を見上げた。青空には蜘蛛の巣のような薄い筋状の雲が広がっている。雲を透かして見えるその淡い青色を見ながら、ひんやりとした風に髭をなぶられ、ゲンさんは心地よさを感じていた。

物乞いというのは正座をして投げ銭をもらうものだと相場が決まっている。ゲンさんも三つ四つの頃から物乞いにも作法があるものだと親方に厳しく叩き込まれた。正座を少しでも崩すと頬を打たれ、罰として膝の上に漬物石みたいな大きな石を乗せられた。人様の懐の銭を芸もしないで恵んでもらうのだから、心も姿もひたすら「申し訳ない」「ありがたい」という気持ちでなければならないと親方は教えたのだが、耳が聴こえないゲンさんがその真意を何となく理解したのは九つの齢になった頃だった。

親方は大柄で右の片腕が肩口からなく、捨て子だったゲンさんを拾ってくれた男だった。黄表紙を読むなど学のある男で、酒が好きで酔うと機嫌がよくなり、箸で徳利や茶碗を叩いては歌を唄っていた。ゲンさんは一緒に暮らすうちに親方の表情――眼の色、眉や皺、口の動きなど――で感情を察し、喜怒哀楽がわかるようになった。

ゲンさんが十二、三歳くらいの冬のある日、親方は死んでしまった。前の晩、橋の下で火を焚いて筵《むしろ》にくるまって寝たのだが、朝起きると親方は冷たくなっていた。雪がしんしんと降る朝で、いくらゆすっても親方は眼をさまさず、大きな身体がコンニャクみたいに揺れるだけだった。犬猫の死骸は見ていたから、親方の死は子どものゲンさんにも理解できた。亡骸となった親方の両足を引きずって運び、川に流した。死んだと思うだけで悲しい気持ちは湧かなかった。雪の降り注ぐ川面を亡骸がゆっくりと流れて遠ざかっていった。ゲンさんはそれが見えなくなるまで見送った。もう五十年も前のその光景を、今でもときどき思い浮かべてはしばし感慨に耽る。墨絵みたいにぼやけてしまっているが、数少ないゲンさんの思い出であった。

親方が死んで以来、ゲンさんはずっと独りきりで生きてきた。銭も地位も家もない、耳が聴こえない、声も出せない老いぼれを相手にする者など誰ひとりいなかった。友と呼べるものは尻の下に敷く破れ筵と欠け茶碗だけだった。

毎日朝から夕方まで物乞いをし、夏場なら十日に一度、冬ならひと月に一度、川の水で身体を擦って洗い、場当たり的に塒《ねぐら》を変えた。あとはただただ眼の前を行き交う人や風景を眺めているだけの何もない人生だった。

親方の教えである正座も長年守ってきたが、ここ二、三年は膝を抱えて座っている。破れ筵の上に正座をすると小石が脛に食い込んで痛いし、何より正座をしようが膝を抱えて座ろうが、一日のあがりには変わりがないとわかったからだ。そもそもそんなことは誰も気にも留めない。自分など世の中のものの数には入っていないと、五十年以上も物乞いをやっていれば嫌でもわかるようになっていた。

物乞いにも暗黙のうちに縄張りというものがある。昨日までは浅草の山谷堀で物乞いをしていた。その辺りは親方から引き継いだ場所で、日に必ず十二文ほどの文銭が欠け茶碗の中で踊ったものだった。

ところが昨日の夕方近く、見たこともない眼つきの悪い連中がやって来ていきなり張り倒され、あがりを全部持って行かれた。物乞いには地廻りのヤクザも絶対に手を出さないと親方から教え込まれていたし、実際五十年以上その通りであったので、ゲンさんにしてみれば狐につままれたような塩梅であった。

それで今朝から本所の竪川にかかる一之橋のたもとに場所を移して物乞いをはじめたのだが、太陽がてっぺんにあがっても文銭一枚茶碗に投げ込まれることはなかった。昨日から何も食べていないからしきりに腹が鳴っている。場所を変えようかと思いはじめた時、ようやく欠け茶碗に四文銭が踊ったのだった。

四文あれば鳥越町の飯屋なら握り飯ひとつくらいありつける。欠け茶碗を懐に入れ、筵を巻いて立ち上がったその視線の先に、変な歩き方でやって来る年寄りの男を見た。齢の頃はゲンさんと変わらないと見え、濃紺の着物に唐紅の帯を締めて、長い白髪を後ろで束ねている。黒光りする杖をついて、眼をつぶったまま笑顔を空に向けて右に左に揺らしながら、ひどいガニ股でこっちに向かって歩いて来る。

妙な野郎だと思いながら見るうちにゲンさんは胸をつかれた。その白髪が眼の見えない按摩だと気づいたからであった。按摩であれば見なれているのでどうということもなかったが、そいつは満面の笑みを空に向けて、実に楽しそうに歩いている。そんな按摩は見たこともなかった。

ゲンさんが見入っていると、白髪の後ろから先を急いで猛然と駆けて来た若い男があった。「どきゃあがれ！」男は邪魔になる白髪の背中を思い切り突き飛ばして走り過ぎて行った。白髪は手足をばたつかせ、ものすごい勢いでゲンさんに向かって突っ込んで来る。そして避ける間もなく二人はぶつかり、欄干を乗り越えて川に落ちてしまった。

ゲンさんは泳げなかった。白髪も泳げないのか必死にすがりついて来る。沈むばかりでゲンさんは何度か水を飲み、これでおいらも終わりなのかとあきらめかけた時、眼の前に櫂《かい》の先があらわれた。通りかかった荷船の船頭が差し出してくれたのだった。ゲンさんと白髪は夢中で櫂にしがみつき、船上に引き上げられた。

その後、二人は野次馬が群がる岸に投げ出されると、二、三の男たちに乱暴に引っ張られて番屋まで連れて行かれた。そこでゲンさんと白髪は濡れねずみのまま、並んでたたきに正座させられ、店番の男にきつく叱られた。

「ふん、物乞いと按摩が心中かい。そりゃあ死にたい気持ちはわからんでもないが、こっちが迷惑なんだよ。お役人を呼ばねえといけないし、呼んだら呼んだで小言を食らうのはこっちだ。人が動きゃあ銭もいる。そんなに死にてえなら夜中に投込み寺にでも行って首でもくくって来な！」店番は唾を飛ばしながら怒鳴り散らした。

だがゲンさんにはどうして怒られているのかさっぱりわからない。白髪を見るとしきりに頭を下げている。謝っているのだろうが、なぜ謝っているのかもわからない。腹が減って仕方がないし、着物が濡れて肌に張りつき、身体が冷たくて堪らなかった。

半刻《はんとき》近くも説教が続き、その後二人は番屋から叩き出された。ゲンさんがその場に座り込んでぼんやりしていると、白髪がゲンさんの手を探って取り、笑顔で話しかけてきた。

「助けてくれてありがとう。私は泳げなくてね。あなたは命の恩人だ。私の家に来て休んで行っておくれ」

何を言っているのかわからず、ゲンさんは煩わしくて逃れようと立ち上がったが、白髪に腕をつかまれ歩かされた。白髪はまた笑顔を空に向けて右に左に揺らしながら、ゲンさんを引っ張り往来の真ん中を歩き続ける。ときどき足を止めて方向を確かめて頷くと、そのほうへと足を向けて笑顔で歩き出す。ゲンさんは白髪に引っ張られるままに歩いた。腹が減りすぎて抗う気持ちも失せ、亡霊みたいについて行った。

機嫌のよさそうな白髪の横顔を眺めながら、ゲンさんは変な気持ちになっていた。これまで生きてきて、こんな風に人とかかわることが一切ない人生だった。子どもの時分に親方とかかわったくらいで、誰かが何かをしてくれるなどなかった。それがある日突然降って湧いたように、こうして人とかかわることが奇妙でならない。風まかせのような生き方をしてきたから、今さらどこへ連れて行かれてもよかったが、しきりに胸が騒いで仕方がなかった。

白髪はまた一之橋まで戻って来て、竪川沿いの通りを歩いて行った。陽はずいぶん傾き、青空も淡い紫色に変わりつつある。屋並みは暗く沈んだ灰色になり、人影も少なかった。濡れた着物に時おり風が吹きつけて、ゲンさんは犬みたいに身体を震わせる。

白髪が足を止めた。眼の前には板屋根の掘建て小屋が立っている。全体的に傾いていて、五、六本ばかりの丸太で一方の外壁が支えられている。戸口には板戸の代わりに筵が掛かっていた。

白髪はゲンさんを小屋の中に連れて入った。微かに線香を焚いた匂いがする。十畳ほどの広さの床には筵が敷き詰められ、真ん中に煮染めたような茶色い古畳が一枚敷いてあった。隅には水瓶と米びつ、七輪、鍋、食器類などが置かれ、別の隅には小さな木箱があり、その上に粗末な位牌が二つ並べてある。

「ま、座って休んでいなさい」白髪はゲンさんを座らせると七輪を表に持ち出し、鍋に水と米を入れるなどして飯を炊く仕度をはじめた。

あぐらをかいたその尻に冷えた筵の感触を感じる。小屋の中には小さな格子窓が一つあるきりで、板屋根や壁にはところどころ穴が空いていて、陽光が漏れて伸びている。風が吹くと小屋全体が揺れて軋んだ。ボロ小屋そのものだったが屋根のついた家に住んだこともないゲンさんにとって、そこは未知の場所でしかなかった。

そうやって半刻ばかりもじっとしていたが苦痛でもなかった。濡れていた着物もだいぶ乾いてきた。何もしないことが当たり前の物乞いのゲンさんには、ひたすら座って待つ習性が身についていた。

米を炊く匂いが漂ってくる。ゲンさんの腹が大きく鳴り、思わず立ち上がって表に出た。そこでは白髪がしゃがみ込み、七輪に鍋を置いて破れ団扇で煽いでいた。陽はとうに沈んであたりは暗くなり、白髪の姿を影絵のように見せている。七輪から立つ赤い火だけが生きもののように蠢き、団扇の風を浴びるたびに火の粉を宙に散らしていた。

ゲンさんが傍に立つと、気配に気づいて白髪は笑顔を向けた。ゲンさんは無表情で白髪を見ていた。笑顔を返してもよかったが、見えないなら無駄なことだと思った。白髪は木蓋を取って匂いを嗅ぐと頷き、鍋を提げて小屋の中へと入って行った。ゲンさんも匂いを嗅ぎながら後に続いた。

鍋はいつも決まった場所に置いているのだろう。黒く焦げた跡のあるところに、寸分狂いなく白髪は置いた。そして木椀と箸、木勺を持って来て、手慣れた感じで鍋の粥を木椀になみなみとよそい、ゲンさんに差し出した。

「さ、食べておくれ」

ゲンさんは木椀と箸を受け取るなり貪り食べた。塩のきいた七分の粥で、胃に落ちると全身に力がみなぎる感覚がはっきりとわかった。白髪を見ると笑顔のまま小首を傾げてじっとしている。白髪が食べていないことに気づいてゲンさんは手を止めた。

「私はいいんだ。残ったら食べるから。さ、遠慮なく食べておくれ」白髪はゲンさんの気持ちを察したのか手を振った。

変な奴だとゲンさんは思った。一緒に川に落ちて番屋で叱られただけなのに、どうして飯を食わせてくれるのかが理解できなかった。以前、物乞いをしていると饅頭を恵んでくれた男たちがいた。甘いものなど滅多にありつけなかったので、ゲンさんはうれしくてその場で食いついたのだが、その中に詰まっていたのは砂利だった。思わず吐き出すと、向こうで見ていた男たちが嘲り笑っていた。

これは何か裏があるのではないかと勘ぐってはみたが、白髪の笑顔にその企みは感じられない。また粥を食べはじめ、時おり白髪の顔をうかがった。彼は笑みを絶やさなかった。額には数本の深い皺《しわ》が刻まれ、面長で鼻が高く尖り、無精髭も白く、眉だけが黒々として顎がしっかりと張っていた。

「あなた、名は何というんです」ゲンさんが食べ終えた時、白髪が問うてきた。

聞こえないゲンさんにその問いがわかるはずもなく、たとえわかったとて話せないので意味はなかった。白髪は首を傾げて何か考えていたが、ああと気づいて自分を指差し、「壮一郎だ。そ・う・い・ち・ろ・う」と、口を大きく開けて言った。そしてゲンさんのほうを指差した。それでようやく白髪が自分の名を問うてるのだと察したのだった。

ゲンゾウという自分の名は物心ついた時親方につけてもらい、「げんぞう」と口を大きく開けて繰り返しその形を教えてもらった。そのうち簡単な言葉なら口の動きでわかるようにもなった。だから「おいげんぞう」と呼びかけられたり、「げんぞう！」と叱られたりすれば自分の名を声にしていると理解した。そして親方は自分と離れて暮らすようにでもなれば、人に名を訊かれた際に難儀をするだろうからと、げんぞうという仮名文字を地面に何度も書いて、憶え込ませた。しかし、眼の見えないこの男に、どうやって自分の名前を伝えてよいのかがわからない。

ふと、耳の聴こえない自分でも、大きな音ならその響きを肌で感じることを思い出した。それでゲンさんは白髪の手を取り、その掌に人差し指で〝げんぞう〟とゆっくり、二度、三度と書いた。そうすると白髪は顔を綻ばせて、

「げんぞう、か……じゃゲンさんだね」と言い、「それなら私はソウさんだ」と自分を指差して、「ソウさん」と大きく口を開いて動かして見せた。

ゲンさんには〝ソウさん〟と理解はできたが声にすることはできなかった。「アー、ウー」と搾り出すだけだったが、ソウさんは何度も頷いてくれる。心が温かくなるのをゲンさんは感じた。固く分厚い氷に閉ざされていた心が溶け出したような感覚であった。

「さて、今日はお互い大変だったし、早く寝るとするかね」ソウさんは鍋や木椀などを片づけはじめた。

その時、戸口の筵を跳ね上げて小太りの男が入って来た。身なりはきちんとしていたが、まぶたも頬もたるんで眼つきが悪く、ゲンさんは嫌なものを感じた。

「按摩さんよ、さっき向こうから見ていたが、物乞いなんぞうちの店に引き入れてもらっちゃあ困るじゃあないか」小太りは荒い息をずっとしている。

ソウさんは慌てて居住まいを正して頭を下げた。

「これは大家さん、いつもお世話になっております。お言葉ではございますが、この人は私の命の恩人でございます」

「恩人だか何だか知らないがね、こんな汚いのを勝手に引っ張り込まないで欲しいんだよ。とっとと追い出しとくれ」

「しかし、なにぶん恩人でございます。店賃は二人分お支払いしますので、何卒どうかご勘弁を」

「銭を払うと言うなら考えないでもないが、前払いにしとくれ」

「ありがとうございます。ではさっそく」ソウさんは懐から財布を取り出し、指先で銭を確かめると大家に渡した。

「確かに。けどね、言っとくがお前さんをうちの店に入れたのは、かわいそうだからと思えばこそだ。つけあがるような真似をしてもらっちゃあ――」と言いながら大家はゲンさんを見ていたが、「おや、この男は何だか妙だね、様子が」と怪訝な顔をした。

「耳が聴こえず、口もきけないのでございます」

「からかってもらっちゃあ困るよ」

「本当のことでございますよ」

大家は弾けるように笑った。「こいつあいい。両国の見世物小屋にでも二人して出れば、按摩よりも儲かるんじゃあないかい」

「そうでございましょうか。で、いかほど儲かりますでしょうか」

噛み合わないやりとりに大家は不機嫌な顔になった。

「とにかく妙なのを抱え込むのはお前さんひとりで十分なんだからね。来月には追い出しておくれ」大家は筵を跳ね上げて出て行った。

ソウさんと大家のやりとりをゲンさんは見ているしかなかったが、自分のためにソウさんが責められ、銭を払ったのだと勘づいた。申し訳ないと思いソウさんに向かって頭を下げた。だがソウさんには見えない。言葉にもできないし、ゲンさんはもどかしさを感じて歯噛みをした。

「さあ寝ようか。ゲンさんはそこの畳の上で寝ればいいから」ソウさんは笑顔で言って、ゲンさんの腕を取って畳の上に座らせ、寝るようにと手真似をして見せた。

だがゲンさんはこれ以上ソウさんの世話になるのは申し訳がない気がして、遠慮しようと手を振ったのだが通じるはずもない。ソウさんの両手をつかみ、自分の顔にふれさせ首を右左に振った。ソウさんの手は思いのほか柔らかく、温かかった。

「遠慮しないでいいんだよ。いつもは畳の上でなんか寝てないんだろう」ソウさんは筵の上に寝転び、気持ちよさそうに大きく息を吐いた。

ゲンさんも仕方なく畳の上に横になった。ひんやりとした感触が体温で温かくなる。い草の微かな匂いがたっていた。棘だらけだった身体がなだらかになってゆくように感じる。

身体は疲れているのに眼が冴えていた。暗いばかりの宙を眺めながら、それまでずっと止まっていた車輪が突然重々しく廻り出した感覚をおぼえる。しじまの中で地虫が鳴いていたがゲンさんには聞こえない。生まれてからこれまで、音を聴きたいとも誰かと話したいとも思ったことはなかった。だが今日ばかりは耳が聞こえて、このソウさんと話せたらどれだけいいかと身に沁みた。

人の眼にはいつまでたっても慣れなかった――憐れみの眼。汚らしいものを見る眼。嘲る眼。蔑みの眼――いろいろな人たちから投げかけられるその視線は、知らず知らずのうちにゲンさんの心を傷めつけていった。長年そんな視線にさらされると、自分という男は蝿や蚊と同じように叩きつぶされるか、消え去るべき存在にすぎないと思い込む。

ところが今日出会ったソウさんという男は、今までに見たこともない種類の人間であった。親方のように濃密にかかわったわけでもないのに、これまでずっと寄り添っていたような錯覚にとらわれる。親方も面倒見のよい男だったが、ゲンさんの一日のあがりから半分をはねたし、よくひっぱたかれもした。だがここにいるソウさんには、それとはまったくちがう肌合いを感じていた。

屋根板に空いた穴から星が見えている。いつも夜露に濡れた草の上や冷え切った土の上に身を横たえて見上げている星だったが、その時初めてきれいだなと思った。ただの物にすぎなかった星が、今は愛おしさすら感じる。

言い知れない温かなものが身の内からあふれてくる。全身の血が煮立ってくるような感覚だった。それが何だろうかとゲンさんは考えてみたが、いくら考えても答えは出ない。胸から喉もと、口から鼻、そして眼まで迫り上がり、温かいものが眼に滲み、膨らみ、こぼれてとめどなく流れた。

この前涙を流したのは二十年も前だったろうかと思い起こす。珍しく三日ほどあがりがなくて食べられず、ようやく投げられた四文銭で茹で卵売りを呼び止めて一つ買ったのだが、どういうわけか手から滑り落ちて転がって行った。それを野良犬が来て食われてしまった。怒ったゲンさんは野良犬を捕まえようとしたが、空腹のあまり眼がまわって倒れた。その様を見ていた行き交う人たちが嘲り、蔑《さげす》む視線を送って過ぎて行く。その時涙がこぼれ落ちた。悲しいとか悔しい、情けないといった涙ではなく、ひもじさに泣いたのだった。

それ以来の涙だったが、今流している涙はソウさんへの感謝の涙だった。ゲンさんは声にならない声を喉から搾り出し、嗚咽を漏らして泣き続けた。

その気配に気づいたソウさんが起きて来て、ゲンさんの枕もとに座った。

「どうしたんだい、どこか具合でも悪いのかい、大丈夫かい」ソウさんはしきりに話しかけてきた。

ゲンさんは身を起こし、ソウさんの手を両手で押し頂き、ひとしきり泣いた。ソウさんの手に涙が落ちた。ソウさんは一瞬驚いたように顔を上げ、しばらく手を預けていたが、そのうちゲンさんの肩に手を置いて、「もう寝よう。眠れば少しは楽になる」と笑みを浮かべた。その声音は湿っていたが、ゲンさんに伝わるはずもなかった。ただうながされるまま畳の上に身を横たえた。ソウさんもその傍で横になった。

泣き切ってしまうと心が軽くなったように感じた。地虫が鳴きやみ、暗闇としじまだけになった。ゲンさんにもようやく眠気が押し寄せてくる。こんなありがたい、夢のような日もあるんだなと思いながら、ゲンさんは眠りに落ちた。

二

指先に神経を集中させ、肌を圧し、揉む。固い肌、柔らかな肌、骨張った肌――ソウさんはその弾力を感じる指先の感覚がとても好きだった。眼が見えなくてもできる仕事があることに、神仏に感謝をしていた。

もとは貧しい御家人だった。剣術の腕がたったので近くの道場で師範代として教えていた。あとは妻とともに傘張りや提灯をつくる内職をして糊口を凌いだ。

近視が強く、三十五歳の時の春のある朝、目覚めたら右眼に真っ黒な丸い影が見え、そのうち見えなくなってしまった。まだ左眼があると言い聞かせているうち、その年の暮れに頼りの左眼にまで黒い影があらわれ、慌てて医師のもとに走ったが処置の術もなく、かろうじて光を感じるだけで失明をしたのだった。

家名を捨てることに未練はなかった。幼い娘が一人いるだけで男の後継ぎはなく、養子を取るあてもなかった。妻の実家ではその行く末を案じ、離縁をソウさんに勧めた。実家で妻子を引き取り、また良い縁談を見つけて嫁がせるという話であった。自分のことさえこの先どうなるかまったくわからない不安の中で、その申し出を拒むことはできなかった。結局、別れてやり直したほうがお互いのためになると考え、承知した。

御家人株を売り、その金で按摩の修業をはじめた。ソウさんにしてみればそれでひと区切りつけたつもりではあったが、まだ存命だった両親の嘆きは尋常ではなかった。ソウさんが修業に出た一年も経たないうちに相次いで亡くなってしまい、ソウさんの心に深い傷を残した。

部屋の隅に置かれた位牌は両親のものだった。毎朝、まだ夜が明けないうちから起きて位牌に向かって手を合わせ、般若心経を唱えるのが日課となっていた。それがせめてもの償いだった。

本当は家格の高い武家や大店の商人の家に出入りする座頭になりたかった。元来の生真面目さで、それなりに努力もした。だがその世界に入ってみると、地位を高めて権力を手に入れたいという激しい競争が待っていた。心根の優しいソウさんにはもとより向いていなかった。途中でその修業をやめ市井の末端に生きる按摩の道を選んだ。

ソウさんの常連客は、東両国の見世物小屋で働く芸人や裏方たちだった。東両国の見世物は西両国に比べて下等とされ、木戸銭も安かった。客の中には鉄鍋を曲げる六尺以上の怪力男もいれば、四尺に満たないほどの小さな女もいる。顎を外して下駄を口の中に入れる年寄りの芸人もいれば、逆立ちをしたまま足を使って飯を食う子どもの芸人もいる。みんな身体を張って商いをして、木戸銭や投げ銭でその日暮らしをしている連中だった。他にも酒臭い匂いをまき散らし揉み療治が痛いと殴る人足もいたし、望まぬ子を孕んで堕ろしてくれとやって来る夜鷹もいた。堅気でない連中ばかりだったが、ソウさんは嫌な顔ひとつせずに揉み療治を施した。

畳に寝かせて肩や背中、腰などをていねいに揉む。ソウさんの按摩はすぐに痛みが治まると評判だった。たすき掛けをして揉みほぐしながら、誰とでも機嫌よく言葉を交わした。眼の見えないソウさんにとって、生業というより人とかかわることが何よりの楽しみ、生きがいのようにも感じる。

優しい男で、いつも笑顔を浮かべていた。

「お前はお天道様のような子だよ」と幼い頃、母親にほめられたこともあった。

子どもの頃はそうかと思うだけであったが、確かに盲目になったというのに世を拗ねることもなく、耳に聴こえるもの、肌に感じるもの、そのすべてを受け入れた。今まで気にも留めなかった風の音や鳥のさえずり、虫の音、人の声音、暖かさ、寒さ、痛みですらありがたく感じる。それは生きていることへの感謝だった。笑顔でいればありがたいことに自然と人が寄って来て、仕事が生まれ、毎日の飯にこと欠かず生かしてもらえる。ソウさんの日々は、その喜びに満ちていた。

だがその一方で、虚ろな、ひどく物悲しいような気持ちにとらわれることもあった。客足が途切れてひと息吐いた時、妻と娘との暮らしを思い出したりした。貧しかったが心の根がしっかりと張っていたような暮らしを想い、無性に懐かしくなったりする。

「あんな風になりたくはないな。私ならとても生きてはいかれぬ」と言ったのは友だと思っていた同輩の御家人だった。ソウさんの眼の窮状を知って他の同輩たちと一緒に見舞いに来た帰り際、玄関先でそう言ったのが聞こえてきた。彼は三軒隣りに住み、幼い頃からよく遊び、ともに学んだ仲であった。私は生きる値打ちがないのかと思い、ソウさんは愕然となった。その同輩を責めるつもりはない。だが眼が見えなくなればもう友ではないのだという、苦く、寂しい思いだけが残った。

独りきりで生きてゆこうと考えてはいたが、ときどき耐え難い孤独に苛まれた。

そんな心境の中でゲンさんという命の恩人に出会った。だが本音を言えばゲンさんが耳が聴こえず話せない物乞いだと知った時、ソウさんは一瞬疑ったのだ。この男は本当に私の命の恩人なのかと。だがその気持ちをすぐに打ち消した。いかなる生業や境遇にある人間であろうと、悪い性根の奴は悪いし良い性根の奴は良いのだと恥じた。

ゲンさんを小屋に泊めるようになってすでに五日経っていたが、恩人という気持ちより何とかしてやらなければいけないという気持ちが勝るようになっていた。

初めてゲンさんを泊めた翌朝、二人で朝飯を食べた後、手にした木椀を持ってゲンさんは小屋を出て行こうとした。その気配にソウさんはまた物乞いをするつもりだと勘づいて引き止め、木椀を取り上げた。

「なあゲンさん、物乞いはもうやめてまっとうに働かないかい。銭を恵んでもらうのではなく、銭を稼ぐんだ。働き口なら私が探してあげるから」言っても伝わらないのにソウさんは懸命にゲンさんを説得した。

ゲンさんは不満の色を顔に浮かべて、部屋の隅で膝を抱えて座った。そうやって客を揉み療治するソウさんの姿を見て、それに飽きると表に出て辺りを歩き回り、近所の子どもたちが遊ぶのを羨ましそうに眺めたりした。

午飯は決まって握り飯が一つとたくあんが二切れだった。いつもは握り飯を二つ食べるのだが、ソウさんは自分の食い扶持をゲンさんに与えていた。握り飯を頬張りながら、どうすればゲンさんと話ができるだろうかと考えた。互いに思いが通じないでは何事も前に進まない。何か仕事をさせようにもできるはずもない。何とか話をする手立てを講じねばと懸命に考えていた。

これは奇妙なことではあったが、ソウさんはこれから先もずっとゲンさんと生活をともにするという気持ちが、無意識のうちに芽生えていた。神様か仏様に導かれた答えのようにその思いにとらわれ、揉み療治をしている間も考え続けた。

夕方、店を閉める頃に思いついたことがあって、夕飯の前、小屋の中にまだ陽の明るさが残る間に、ソウさんはゲンさんと向き合って座った。そしてゲンさんの左手を取り、掌に人差し指で眼の画を描くと、その指で自分自身の眼を指した。

「これが眼だ」と大きく口を開けて大きな声で言うソウさんを、ゲンさんは怪訝な表情で見ていた。

「これが鼻」と、次には掌に鼻の画を描き、自分の鼻を指した。

ゲンさんはソウさんが何かを伝えようとしていると気づいたのか、一心にソウさんの手の動きを見つめた。ソウさんは続けて「これが口」「これが耳」「これが手」「これが足」と教えていった。そのうちゲンさんは眼を見開き、理解して大きく頷くようになった。

ソウさんは木椀や箸や鍋など身近にあるものを描いて、指して教えていった。ゲンさんも要領がわかってくると楽しいのか、眼を輝かせ、笑顔も見せた。さらには自らもソウさんの掌に描いて真似をするようになった。笑う、泣く、怒るといった感情までもソウさんは表情をつくって見せ、口の形を描いて憶えさせた。

その日から毎夕、二人は互いに言葉を伝え合い、理解できる言葉の数を少しずつ増やしていった。ソウさんはそれまで必要のなかった灯心を買って来て灯し、夕飯後に時をかけて教えはじめた。木椀の形を描いただけで腹がへったという気持ちがわかり、炎の画は七輪に火を熾すという意味になった。短い話し言葉なら、画をいくつか続けて描けば通じ合うこともできた。

相手の言いたいことがわかれば謎解きのような快感が得られることもあって、二人は夢中になって続けた。ソウさんにしてみれば、これでゲンさんが仕事にありつけるかもしれないという喜びでもあった。


その日の午飯の後、東両国一帯の見世物小屋を仕切る権吉という男が揉み療治にやって来た。齢は五十ほどで、右の頬に長さ三寸もあろうかという深い切り傷の痕を残す、ひと目見れば堅気ではないとわかる強面の男であった。四角い顔で鼻の穴と両の眼がおそろしく大きく、一瞥をくれただけでたいがいの者は震え上がった。腰痛持ちで、ひと月に二、三度、銀次という若い子分を引き連れて通っていた。

「そういやあおめえ、たまに呼ばれて外で療治をするんだってなあ」俯せになり、ソウさんに腰を揉まれながら権吉が話しかけてきた。

「はい。十日ほど前にもちょいと近所に呼ばれて足の悪いご老人の療治をしております」

「行き帰りが大変じゃあねえのかい」

「いえ、近所なら何とか」

「そうかい。じゃあわしのとこまで来てくれねえか」

「親分さんの家は確か」

「尾上町だ。ここんとこいろいろと忙しくてな。おめえがうちに来てくれりゃあ助かるんだがよ」

「参らないわけではございませんが、あの辺りは家も人もたいそう込み入っておりますでしょう」

「心配はいらねえ。うちの若い衆に送り迎えさせるからよ」

ソウさんの頭に閃くものがあった。

「よろしゅうございます。お引き受け致しましょう」

「そうかい。そいつあありがてえ」

「ですが送り迎えは必要ございません」

「え、大丈夫かい」

「そこにおりますゲンさんに案内をさせますので」

権吉は部屋の隅に座り、掌に何か描きながら宙で反すうしているゲンさんを見た。

「そういや気になってたんだが、あの男は誰だい」

「私の命の恩人でございます。竪川で溺れかけていたところを助けてくれたのでございます」

「へー、そうだったのかい」

「実は今ゲンさんの仕事を探しておりまして、送り迎えをする手間賃をお願いできればと思うのですが」

「そりゃあお安い御用だ。どの道若い衆には酒代《さかて》くらい払ってやらねえとなんねえからよ」

「ありがとうございます。で、尾上町のどのあたりでございましょう」

「二丁目で権吉の名を出して人に訊きゃあすぐにわかるさ。しかしこのじいさん、何だか妙だな」

「耳が聴こえないし話せないのでございますよ」

「なんでえそりゃあ。そんなのに送り迎えさせて大丈夫なのか」

「私と二人なら何とでもなりますよ」

「まあ、おめえが言うならいいんだろうが」と言ったが権吉は半信半疑といった顔をしていた。

権吉が帰った後、ソウさんはゲンさんと向き合うと掌に文銭の画を描き、それがもらえるという身振りをして、仕事が見つかったことを伝えた。そして自分が按摩をするための道案内をしてくれれば銭がもらえると伝え、ゲンさんはソウさんの掌に「わかった」という合図の◯を勢いよく描いた。

権吉の揉み療治の当日、ソウさんは店を早めに切り上げ、ゲンさんを連れて表に出た。蒸し暑い日で、じっとしていても汗ばむほどだった。空は灰色の雲に覆われつつあり、なまぬるい湿気を含んだ風が静かに吹いている。ひと雨くるかなとソウさんは感じたが、尾上町まで行って療治をして戻って来るまでなら大丈夫だろうと思った。

ソウさんは杖の一端をゲンさんに握らせ、もう一方を自分が握った。こうやって歩けば離れ離れにはならないからと、ゲンさんには絶対に放さないようにと伝えた。

最初はソウさんの先導で竪川沿いを歩いて、一之橋まで順調にたどり着いた。そこで足を止め、通りかかった者に声をかけて尾上町の方向を訊いたのだった。それをゲンさんの掌に地図を描いて伝え、今度は後先を交代して歩き出した。

「もう尾上町のはずだがね」四半刻ばかりも歩いた頃、ソウさんはひとりごちた。

風の中に雨の匂いを嗅いだ。不安になったソウさんは羅宇屋《らう》を呼び止め、「もし、この辺りはもう尾上町でしょうか」と尋ねた。すると羅宇屋は「何言ってんだい、相生町だよ、四丁目」と答えて去って行った。

「ゲンさん反対だよ。何やってんだい」思わず声をあげたがゲンさんには届くはずもなく、歩き疲れたのかぼんやりしている。「困ったね。早く行かないと親分さんに迷惑をかけてしまうよ」

ソウさんは慌てて逆を向いて後先をまた替わり、ゲンさんを引っ張って歩いた。だが鈍牛でも引っ張っているかのようにゲンさんは重く、ソウさんは次第に疲れてきた。「もっと早く歩けないのかい」痺れを切らして言っても通じるはずもない。実はこの時、どういうわけかゲンさんは後ろ向きになったままで歩いていた。そうとも知らないでソウさんは必死に引っ張って歩いている。そのうち、どこをどう歩いているのかもわからなくなってしまい、とうとう雨が降り出した。きつい降りで、行き交う人も急ぎ足になった。

「もし、どなたかお助けを！　もし！　もし！」ソウさんは懸命に声をあげたが足を止める者はない。

とうとう立ち往生してしまった。何ともできずにゲンさんともども、杖を握り締めたまま立ち尽くし、冷たい雨にうたれている。ゲンさんに頼んだ私が悪いんだとソウさんは自分を責めるしかなかった。

せめて軒先でも借りて雨宿りをしようと歩き出した時、駆けて来る足音が聞こえて、「按摩さん――」と傘をさしかけてきた男があった。「権吉親分の身内の銀次でござんす。うちに見えるのが遅いのでお迎えに上がりやした」

「ああ、助かりました。面目次第のないことで」

「さ、参りやしょう。失礼しやす」と、銀次はゲンさんの向きを変えさせると、ソウさんの腕を取って歩き出した。

ソウさんの揉み療治を受けながら、権吉は声をあげて笑った。

「俺がこの前止めておけばよかったんだ。嫌な予感がしたんでな。後で考えてよ、どう頑張ったって無理じゃあねえかって気づいてな。目が暗いのと耳が聴こえねえ、口もきけねえじゃあどこへ行こうにも人様の世話にならねえかぎり無理ってもんだ」

ソウさんは返す言葉もなく、ただ「申し訳ございません」と繰り返すしかなかった。ゲンさんは座敷の隅で膝を抱えて座り、ぼんやりと宙を眺めている。結局ソウさんは代金を頑に受け取らなかった。それではあんまりだからと、権吉は銀次に言いつけて家まで送らせたのだった。

その後ソウさんは夕飯の仕度もできないほどうちひしがれ、夜も近くなった薄暗い部屋の中で悄然と座っていた。ゲンさんは壁にもたれ、相変わらず膝を抱えて座っている。時おり、ゲンさんの腹が鳴った。ソウさんがうちひしがれたのは、仕事にならなかったことではなかった。「人様の世話にならねえかぎり無理ってもんだ」という権吉の言葉が、泥でも飲んだみたいに身体を重くしていた。

ゲンさんと住まうことが果たして正しいことなのかと自分に問うてみる。そもそも長年その日暮らしだった物乞いの男に仕事をさせるほうが無理だったのかもしれない。今まで通りかかわるのは客だけにしておけばこんな気持ちにもならなかったのだ。

「今日はもう寝るとするか」ソウさんは力なく言って横になった。

ゲンさんはなぜ夕飯にありつけないのかといったように、うらめしげにソウさんを見つめている。

「働かないとご飯は食べられないんだよ」気配を察してソウさんは言った。

意地悪をするつもりはなかったが、ゲンさんに対する苛立ちがないと言えば嘘になる。何を言っても言葉が届かず、虚しく消え去ってしまうのがやり切れない。

明るさを感じなくなった。また夜が来たのだと思った。まだ小雨が降り続いていて、雨だれが屋根板の穴から筵に落ちては鈍い音をたてている。その音にソウさんはやり切れなくなり眠れそうにない。

雨だれの音の合間に、奇妙な音が聞こえてきた。それはゲンさんの啜り泣く声だった。ソウさんは思わず身を起こした。ゲンさんは出ない声を振り絞るように、かすれた声をあげて泣いている。ひもじさに泣いているのだった。声にならない声の中に、ソウさんは食うための悲惨な歳月を想った。少なくともこの男が自分よりもずっと長く、食うための苦労を重ねてきたことは想像に難くなかった。

ソウさんはやれやれと立ち上がり、米びつの米をすくって鍋に入れ、粥を炊くために表へと出た。小雨が降り続いていた。火打石を打って付け木に火をつけ、団扇で煽いで七輪の炭を熾した。通り向こうに灯りのついた家が二、三軒あるだけで、あたりは暗闇に包まれている。道行く人の影もないし足音も聞こえない。ソウさんはしゃがんだまま、鍋が煮立つのを待った。炭が爆ぜる音のほかには、屋根や地面を打つ雨音だけが微かに聞こえていた。ソウさんは雨音が好きではなかった。あの日のことを思い出して苦い気持ちになる。

妻と娘に別れを告げて家を出た時も小雨の降る日だった。杖を突いて外に出たが、腰の大小がないので思いのほか身体が軽くて驚いた憶えがある。日頃慕ってくれていた道場の若い門弟の一人が付き添ってくれ、按摩の術を教える学問所まで送ってくれることになっていた。

門弟と二人、少し歩いたところでまだ五つだった娘が家を飛び出し追って来た。「父上！」と呼ぶ愛らしい声が聞こえて、ソウさんは思わず足を止めた。だがその後すぐに妻が引き止める声がして、娘は家の中へと連れ戻されて行った。ソウさんは仕方がないとため息を吐いて、また歩き出した。傘をさしかけて付き添ってくれている門弟が鼻を鳴らして啜り泣いている。「男が滅多なことで泣くものではない」と注意しようとしたが、ソウさんの口は動かなかった。

あの日、雨にぬかるんだ地面を娘が駆けて来る足音と、すぐそばで啜り泣く門弟の声が今も生々しく耳の底に残っていた。むせ返るほど濃厚な、雨に濡れた土の匂いまでも思い出してやり切れなくなる。ソウさんにとって、娘の行く末を見届けられなかったのは大きな悔恨であった。

米が煮立ち、鍋の木蓋から泡が吹き出す。その音を聞きながら、ゲンさんにここまで肩入れをするのは娘への贖罪であるかもしれないと思った。遠く低く、時の鐘が鳴り響いた。その余韻も雨音にかき消された。米の炊ける甘い匂いにソウさんは気を奮い立たせる。

「お前はお天道様のような子だよ」

母親からほめられたことを思い出す。笑顔をつくり、贖罪でもいいではないかと思った。縁があってこうしてゲンさんとかかわったのだ。ゲンさんだって物乞いになりたくてなったわけではないだろう。どんな小さな仕事でも身につけて、人として真っ当に生きられるのならそのほうがいいに決まっている。ソウさんは笑顔で団扇を煽り続けた。

三

往来の真ん中でゲンさんは突っ立って、人ごみの中で途方に暮れた。その右手には百文の銭が入った巾着袋を握り締めている。ソウさんに買い物を言付かって東両国広小路まで出て来たのだが、何を買って帰らなければならないのか忘れてしまった。左の掌を見つめ、ソウさんが何を描いてくれたのか思い出そうとしたが、どうしても思い出せない。

来る途中で飴売りに気を取られたのがいけなかった。親方のもとにいた頃、あがりが多い日は飴や饅頭を買ってもらって食べていた。甘いものを食べると何ともいえず気持ちが安らいだ。それで飴売りを見ているうちに何を買うのかを忘れたのだった。小屋に戻ってソウさんに確かめてもよかったが、この前は道案内で大きな失敗をしたし、これ以上面倒をかけるわけにもいかないとゲンさんなりに考えた。

昨日の夕方のことを思い出してさらに憂鬱になる。少しでもソウさんの役に立とうと飯を炊いてみようと思い立った。ソウさんが揉み療治をしている間に、こっそり米や鍋を持ち出して試してはみたのだが、火加減がわからず黒こげにしてしまった。その煙と匂いに火事かとソウさんが飛び出して来たが、それとわかって安堵し、気持ちだけはありがたいとゲンさんの掌に小さな◯を描いてくれた。役立たずの無駄飯食らいだと落ち込んだが、今日は使いを頼まれて張り切って出て来たのにこの様だった。

どうしようかと悩んだあげく、来た道をたどって小屋に向かって歩けば思い出すのではないかと思いついた。ゲンさんは落とし物でも見つけるようにまわりに眼を配りながら歩いて行った。

その日は夏が来たかと思うほどの暑さであった。白い太陽が青空の真ん中でむき出しになって輝き、照りつけている。ゲンさんの顔や首筋に汗が流れ、着物が肌に張りついた。この時分には浅葱色の地に縞の単衣の着物を着て、黒い帯を締めている。ソウさんのもとに来て四、五日経った頃、あまりに臭いというので古着屋の行商を呼び止めて買ってもらったものだった。履物も履き古した自分の下駄をくれて、もう裸足で歩かなくてもよかったが、慣れるまでは脱ぎたくて仕方がなかった。ゲンさんは人並みに着物と履物を揃えてもらって少しだけ自分がえらくなったような気がしていた。

何を買おうとしたのかと、それればかり考えながら歩いていると人にぶつかり転んだりもした。思い出せそうで思い出せず、とうとう小屋の前まで来てしまった。

「おや、ゲンさんじゃないかい?」ちょうど客を送り出して表にいたソウさんが、近づいて来た足音を聞いて言った。「もう戻ったのかい、ずいぶん早かったね」

ソウさんの顔を見たゲンさんはあっとなった。何を買わないといけないか思い出したのだった。しかも握っていたはずの巾着袋も、転んだ拍子に落としたらしく持っていない。

「どうしたんだい。買って来た米はね、米びつの中に入れておいておくれ」

だがゲンさんは青くなり、固まったままで動かない。ソウさんはその異変を察して、ゲンさんの身体を軽く叩くように懐や袂やその手を探った。だが着物についた砂埃が舞うだけで何も持っていないことに気づくと顔色を変えた。

「ゲンさん、米は、銭はどうしたんだい」

ソウさんはゲンさんの手を取り、掌に木椀の画を描き、文銭の画を描いた。ゲンさんは泣きそうな顔でソウさんの掌に大きく×を描いた。

「えっ、銭を落としたのかい。あれほど懐に入れておけと教えたじゃあないか」

小屋を出る時、ソウさんはゲンさんの懐に巾着袋を入れて米を買うまでは出すなと教えたのだが、身につける習慣のないゲンさんは気持ちが悪くて手に持ったのだった。

百文といえば三日分ものあがりになる銭だった。その銭がない以上、当分は粥でがまんしなければならない。さすがのソウさんは憤怒の表情になった。ゲンさんは叱られると思い、身を強張らせた。子どもの時分、親方に叱られ、打たれた感覚が甦った。だがソウさんは怒りの声をあげることも、もちろん手をあげることもなかった。脱力したように大きなため息を一つ吐いただけであった。

「落としてしまったものはしょうがないね。頼んだ私が悪かったんだ」ソウさんは太い眉を下げて悲し気な顔になり、ゲンさんの肩を二度ばかり小さく叩くと小屋の中へと入って行った。

滴る汗を手で拭いて、ゲンさんはしばらくその場に突っ立っていた。通り向こうでは七、八人の子どもたちが「子をとろ、子とろ」と声をあげて楽し気に鬼遊びに耽っている。いつものゲンさんならその光景を眺めて、おいらも一緒に遊びたいと思うのだが、その時は言い知れない虚しさが募るばかりであった。

おいらはソウさんを悲しませてばかりいるじゃあねえか。ゲンさんは自分の頭を拳で二度、三度と小突いてその場に座り込んだ。

陽が暮れかかり、子どもたちも家路についてあたりが暗くなりはじめた頃、一人の女が歩いて来た。女は小屋の前に座り込んだゲンさんを不思議そうに見て、

「あんた、こんなとこで何してんだい」と笑顔で訊いてきた。

何ともいえない白粉のいい香りが漂ってきてゲンさんは女のほうを見た。淡い紫色の着物を着て深紅の帯を締めている。尖った鼻と顎、切れ長の眼、真っ赤な紅をさした薄い唇の色がゲンさんの眼をうった。細身だが胸や尻の肉づきがいい女だった。

「療治を待ってるのかい」

ゲンさんは顔を赤らめて眼を伏せた。

「その声は、おケイさんですか」戸口から出て来たソウさんが声をかけた。

「ああソウさん、こんにちは」

「どうぞ。もう見える頃だろうと思ってましたよ」

「この人、先客じゃあないの」

「え、ああ、ちがいますよ。私と一緒に住んでる人でしてね。さ、どうぞ」

「そうなんだね」

おケイは笑顔でソウさんに続いて小屋の中へと入って行った。ゲンさんはおケイの姿をじっと眼で追っていたが、立ち上がり、戸口の脇に立って筵の隙間から中を覗き込む。おケイは畳に俯

せに寝て、ソウさんはその腰を揉みはじめた。

「いつにも増して、腰の張りがきつうございますなあ」

「そりゃあそうよ。今日はもう五回もやってんだよ。いくらあがりが増えるからって、これじゃあ身が持たないよ」

「そうですか。おケイさんの芸を私は見られませんからねえ。そんなに大変ですか」

「見られなくてよかったよ。あんなものは芸でも何でもないからね。助平相手の物乞いさ」おケイは鼻で笑った。

「まあどのような生業でも苦労はつきものですからなあ。食べてゆくためには仕方がありませんよ。おケイさんも身体にだけは気をつけてくださいねえ」

「ありがとうね。そんな優しいこと言ってくれるのはソウさんだけだよ」

おケイは気持ちよさそうに揉み療治を受けながら微笑んでいる。ソウさんも笑顔でその臀部から太腿を入念に揉みほぐしてゆく。その様をゲンさんが見つめている。ゲンさんが見ているのはおケイに触れるソウさんの手だった。早く療治を終えてしまわないかとそればかり願っていた。いつもの客たちならそんなことは少しも思わないのに、おケイにはそれを思った。

おケイが体勢を変えて横向きになった時、眼が合った。おケイは微笑みかけ、ゲンさんは思わず戸口の脇に顔を引っ込めた。血が沸いたように胸が大きく鳴っている。

「さっき表にいた人、何ていうの」

「ゲンさんですよ。私が川に落ちて溺れかかっているところを助けてくれましてね。実は、耳も聴こえないし口もきけないんです。以前は物乞いをしていたんですが、今は私の身のまわりの世話をしてくれているんですよ」

「そう。ソウさんも義理堅い人だねえ」

「いいえ、命の恩人と思えばお安い御用で」

「なかなかできることじゃあないよ。いい人だね、ソウさんは」

「はあ、ありがとうございます」ソウさんは微かに顔を赤らめた。

ゲンさんは戸口の脇の壁にもたれて、おケイが出て来るのを待っていた。もう夕闇が迫る時分で、赤く焼けた空が紫色へと暮れなずむ空を眺めながら、おケイを思って緊張をおぼえた。

揉み療治を終えたおケイが小屋から出て来た。ゲンさんは慌ててその場から離れる。おケイは笑顔でゲンさんに近づいて懐から財布を出し、四文銭を一枚ゲンさんに握らせた。その瞬間ゲンさんは雷にうたれたように背筋を伸ばした。

「ゲンさん、ソウさんに迷惑かけちゃあだめよ」冗談めかして言うと、おケイは身を翻《ひるがえ》して去って行った。

白粉の匂いがかすかに残っている。ゲンさんはそれを嗅ぎながら、尻を振って歩いて行くおケイの後ろ姿を見つめていた。おケイの笑顔を思い浮かべて胸が苦しくなる。おケイが薄闇の中に溶けて見えなくなると、その空に一番星を見つけた。

戸口の前にはソウさんが立っていた。見送りに出て来ていたのだが、小首を傾げて何か考えているようだった。暮れ六つの鐘が鳴った。

「さて、ご飯にしようか」ソウさんは小屋の中に入った。

その晩、ゲンさんはソウさんのつくった粥に手をつけようとしなかった。不審に思ったソウさんは、「お腹の具合でも悪いのかい」と腹に手を当てて心配そうに訊いた。ゲンさんは気取られまいと、粥を食べはじめた。

夜の稽古にもゲンさんは身が入らなかった。ソウさんが何度同じ仮名文字を教えても、ゲンさんは上の空で憶えようとする気すら感じられない。

「どうしたんだい。今日のゲンさんはおかしいよ」ソウさんは少し怒った顔でゲンさんの掌に×を描いた。

だがゲンさんは何も答えず、ただ黙ってぼんやりとソウさんを眺めていた。ソウさんは「もう寝よう」とあきらめたように言って灯心の火を吹き消し、横になった。

ゲンさんもいつものように畳の上で寝たが、眠れそうになかった。消したばかりの灯心の残り香が漂っている。ずっとおケイのことを想っていた。これまで生きてゆくのが精一杯で、女に執着する余裕などなかった。ましてや物乞いの身とあっては相手にする女もない。せいぜい同業の物乞いの女と犬のようにまぐわったことがあったくらいで、その気になれば自分で慰めるしかなかった。

夕暮れの山谷堀の淵に立ち、吉原に向かう提灯の群れを眺めながら、親方が涙をこぼしているのを見たことがあった。ゲンさんはその時見てはならないものを見たような気がしたが、今にして思えば女が恋しかったのかもしれない。

ゲンさんはその思いを止める術を知らなかったし、どうすればいいのかもわからなかった。ただもう一度おケイに会いたい、笑顔を見たいという、その願望だけが胸の内に渦巻いていた。

ゲンさんは小屋の表で日がなおケイを待つようになった。座り込み、おケイからもらった四文銭を弄んで閑をつぶした。食欲もなく、一時は少し丸みを帯びてきた頬も痩け、字の稽古にもまったく身が入らなかった。ソウさんもその異変に気づいてはいるようだったが、どうすればよいのか考えあぐねてため息を吐くばかりであった。

次におケイが来たのは十日ほど過ぎた、梅雨入りも近くなった日の午後だった。曇り空の下、地面を跳ねるように歩いて来たおケイを見つけたゲンさんは、思わず小屋の陰に身を隠してしまった。そして板壁の節穴から、おケイの揉み療治をする様を覗き見た。

「ゲンさんね、あたしを見て子どもみたいに隠れちゃった」おケイは楽し気に言った。

「隠れた……そうですか」

「よっぽど嫌われてんのかな」

「そのようなことはないでしょう」

「ああいう眼をした人はね、きれい汚いが見てすぐわかるんだよ。あたしはやれ突け小屋の姐さんだからね」

「何かあったんでございますか。今日はいちだんと酒臭うございますよ」

「あったから飲んでるんでしょ」

「あまり飲み過ぎると身体に障りますよ。まだお若いんでしょうから大事になさらないと」

「若いってもう三十路だよ。大年増もいいとこだ。誰も相手にしちゃあくれないよ」

「そんなことはございませんよ。私にはわかります。おケイさんほどの人ならそのうちきっと良い連れ合いができますよ」

「じゃあソウさん、あたしをもらってくれるかい」

ソウさんの手が一瞬止まった。

「いけませんね。年寄りをからかっちゃあ」

腰を揉みはじめたが、またその手が止まった。おケイは畳に顔を埋めるようにして、身体をふるわせ啜り泣いている。

「おケイさん、大丈夫ですか」

「やだ、ごめんなさいね。こんな商いしてちゃあいけないって思ったら泣けてきちゃった」おケイは涙で濡れた笑顔を横に向けた。

「なあに心配ありませんよ。私のような者でもこうして楽しく生きているんですから」ソウさんは気を取り直すように揉み出した。

「優しいね、ソウさんは」

沁み沁みとなって二人は黙った。

薄い灰色の雲の切れ目からわずかに陽が射し、壁の穴を覗くゲンさんを照らした。泣き笑いの中で語り合う二人を見ながら、生まれて初めて聴こえないことに憎しみをおぼえた。ソウさんがおケイの身体に触れ、何か通じ合っている様に血がたぎり、板壁を拳で一発殴った。その音にソウさんは顔を上げてしばし思案したが、療治を続けた。

ゲンさんは覗くのをやめ、何度も子どものように地団駄を踏んだ。日照り続きで乾き切った固い土は下駄で踏みつけてもわずかしかへこまず、足が痛くなるばかりだった。思い詰めた眼を空に向ける。何か悪いことを企んだわけではなかった。ただ自分が何か良からぬことでもしでかしてしまうような予感にうろたえる。

陽が翳った。ゲンさんは通り向こうに歩いて行き、板塀に立てかけられた材木の陰に身を潜ませた。ツバメが低く飛んで眼の前を過ぎて行く。ゲンさんはその向こう、小屋の戸口に眼を凝らしていた。

療治を終えておケイが小屋を出て来た。ソウさんも見送りに出て、二言三言笑顔で言葉を交わし、おケイは歩いて行く。ゲンさんは気づかれないように、その後をつけて行った。おケイに何かをしようというのではない。ただ少しでもおケイの傍にいて、その姿を見ていたい気持ちが抑え切れなかった。五、六間ほど後ろから、右に左に動くおケイの尻を見つめてついて行く。

陽が暮れるまでにはまだ間があった。東両国の広小路ではあちこちに色とりどりの幟が立ち、呼び込みの太鼓や拍子木の音が鳴り響いていた。因果もの、水芸、曲芸、猿回し、角兵衛獅子、大道芸など、菰《こも》掛け小屋の内外でたくさんの見世物が繰り広げられ、息を吐けばかかるほどの人混みで賑わっている。ゲンさんはそれには眼もくれず、おケイを追って歩いた。

おケイは立ち並ぶ見世物小屋の裏手へとまわった。それぞれの小屋には仄暗い裏口があって、おケイはその中の一つに入って行った。ゲンさんも後に続いたが、いきなり突き飛ばされて転がり倒れた。見れば眼の玉をぎょろつかせ、頬骨が突き出たヤクザ風体の男が立っている。

「勝手に入えるんじゃあねえ！」眼の玉は唾を吐いた。

怒っていることはわかったが、ゲンさんは立ち上がってかまわず裏口から入ろうとした。眼の玉はゲンさんの襟首をつかまえると引き倒し、二度、三度と蹴り上げた。腹を蹴られ一瞬動けなくなったが、痛みに耐えて立ち上がり、裏口に向かおうとする。眼の玉はその腕を引っ張って引き止め、ゲンさんの顔をまじまじと見た。

「おめえ殺されてえのかよ」

ゲンさんはそれでも裏口へと行こうとして手足をばたつかせた。眼の玉は根負けしたようにゲンさんを見た。

「しょうがねえ野郎だな」

声にならない声をあげゲンさんはもがいた。

「何だおめえ口がきけねえのか」

ゲンさんはもがくのをやめ、泣きそうな顔で眼の玉を見た。眼の玉は鼻の頭を掻いて、ゲンさんから眼を逸らした。

「ちょっと来い」

眼の玉はゲンさんを引っ張って小屋の表へとまわると、客入れをしている木戸番に向かって、

「おいサブ！　こいつを入れてやれ！」と怒鳴った。

「え、銭はいいんですかい」

「いいんだよ！　おめえこれ一回こっきりだからな、二度とその面あ見せるんじゃあねえぞ！」

眼の玉はゲンさんを突き放して去って行った。

ゲンさんは男客の群れに飲み込まれて、暗い小屋の中へと入って行った。むせ返るような汗臭さが鼻を突く。男たちは犇めき合って立っていた。ゲンさんは人いきれに息苦しさを感じ、埋もれまいと首を伸ばした。男たちの視線の先には低い舞台が誂えてあり、その上に何本もの蝋燭が並べて灯されている。

三味線と太鼓の出囃子が聞こえてくると、それを合図に男たちが舞台のほうに身を乗り出す。ゲンさんも圧されて身を乗り出す格好になる。仕方なく舞台を見上げていると、上手の袖から一人の女があらわれた。安っぽい花魁の扮装をして白粉を分厚く塗りたくり、ひと目では誰だかわからないが、ゲンさんにはおケイだとすぐにわかった。おケイは能面を被ったように無表情のまましなをつくって歩き、舞台の中ほどまで来ると足を止めた。ゲンさんは息を飲んでおケイを見守った。

「待ってました！　おケイちゃん！」

「やれ突け屋！」

からかい半分の掛け声が客席から飛び交い、野卑な笑い声があがった。下手から木戸番があらわれ、手にしていた長い棒を客席に向かって投げた。その棒は大人の身の丈ほどの長さで、先に布を丸めたタンポが結えつけられている。男たちは怒号とも叫びともつかぬ声をあげながらタンポ棒を奪い合い、一人の大柄な男が奪い取って片手で高々と掲げた。ゲンさんは男たちが押し合いへし合いする中、眼の前で起きていることを見ているしかなかった。

「さあて、さてさて、上見て下見て八文じゃあお安いお安い」

出囃子に合わせ節をつけた木戸番の口上がはじまると、おケイは着物の裾を両手で素早く捲り上げ、大きく股を開いて前後左右に腰をくねらせた。するとタンポ棒を持った男がその前へと行き、丸見えとなったおケイの秘部を目がけ、狙い定めて突いていく。おケイは無表情のまま、突き出されるタンポ棒の先を巧みな腰遣いでかわした。

ゲンさんの拳が固く握られる。音のない世界で悲惨なものを見せつけられていた。男たちは獣のようなぎらついた、ねっとりとした眼で、おケイの秘部に視線を注いでいる。ゲンさんの血がたぎる。今まで長い眠りについていた怒りとも悲しみともつかぬ、熱い感情が肚の底から湧いてきて反吐が出そうになる。

声にならない叫び声――それは吠えるという表現がしっくりときたが――をあげながら、タンポ棒を持つ男のもとへと突進して行った。邪魔になる男たちをかき分けて前に進もうとしたのだが、髷をつかんだり襟首を引っ張ったり、顔を引っ掻いたりするだけで少しも前に進まない。反対に怒った男達の手で小屋の外に圧し出され、殴る蹴るの袋叩きにされてしまった。

すでに陽が屋並みの向こうに沈みかけ、空が暗くなりはじめている。行き交う人影も少なくなり、大道芸人らは道具を片づけ出していた。ゲンさんは通りかかった二、三の男に助け起こされ、どうにか立ち上がった。口の中が気持ち悪くて唾を吐いた。赤い唾が地面に吸い込まれた。長い影が地面に伸びて揺れている。殴られた顔が痛み、頬が腫れてゆく感覚が自分でもわかった。ゲンさんの頭の中は、あられもない姿で腰を振るおケイの姿で埋め尽くされている。それが尋常でない商いだということはゲンさんにもわかった。

何だってあんなことをしなきゃあいけねえんだと繰り返し思い涙をこぼした。物乞いのほうがよっぽどましじゃあねえか。男たちのおケイを見つめる汚らしい無数の眼が思い浮かぶ。ゲンさんは叫び出したくなった。そしてまた、やれ突けの見世物小屋に向かって猛然と突っ込んで行った。

四

夜の気配を感じながら、ソウさんは小屋の前に立ってゲンさんの帰りを待っていた。時おり冷えた風が吹いて顔をなぶった。ここでの生活が嫌になって、また物乞いの暮らしに戻りたくて出て行ってしまったのだろうかと思った。何十年も物乞いをやっていたならその生活が身に沁みついて、新しい生活をはじめようとしても難しいのかもしれなかった。

ひとまず小屋の中に入ろうとした時、近づいて来る足音が聞こえて一瞬表情を明るくしたが、その足音が一人ではないとわかって首を傾げた。

「権吉一家の身内の銀次でございます。ゲンゾウさんをお連れしやした」提灯を提げた銀次の後ろに、顔を腫らしたゲンさんがいる。

「はあ、それはどうも。あの、ゲンさんがまた何か」

「見世物小屋で暴れましてね。ちょいと騒ぎが大きくなってあっしたちが止めに入ったんでさ」

「暴れた？　どうしてそんなことに」

「それがよくわからねえんでさ。暴れたのはやれ突け小屋なんですがね、ゲンゾウさんからわけを訊こうったってできねえし、まあ今回はお頭が大目に見るということで送って差し上げた次第で」

「そうでしたか。それは申し訳ございませんでした。親分さんにはくれぐれもよろしくお伝え下さい」

「へい。ではあっしはこれで」銀次は足早に去って行った。

「腹が減ったろう。さ、飯はつくってあるから食べよう。今日は粥ではないよ。ちゃんとしたご飯に鯵の干物、吸い物までこしらえたんだ」

だがゲンさんは俯いて動こうとしない。ソウさんは異変を感じながらもゲンさんの腕を探って取り、小屋の中へと連れて入った。

　ゲンさんは夕飯の膳の前にはついたが、箸を持とうともしない。ソウさんは仕方なく自分だけが食べはじめたが、そういえばこの半月ほどの間、ゲンさんの様子がどことなくおかしいことに気がついた。ゲンさんは畳まで行って横になってしまい、いったいどうしたっていうんだろうと考えるうち、ゲンさんがおかしくなったのは、おケイがここに来てからではないかと思い当たった。

　ゲンさんはおケイさんを追って行って、やれ宊け小屋で暴れたにちがいない……おケイさんを見初めたのだ。

　そう思うと血の気がひくようであった。ソウさんは箸を置いて考え込んだ。風が吹いて小屋が軋む。その音にさえ怯えを感じる。食欲が失せ、奥歯にはさまった干物の小骨を取ると、ソウさんも横になった。

　おケイの揉み療治をする時の手の感触を想った。気持ちが通じているという、それを指先から感じる瞬間があった。おケイがソウさんのもとに通うようになって一年になるが、ソウさんはおケイへの仄かな恋情を胸の奥に秘めて療治を続けていた。こんな年寄りを若いおケイが相手にするはずもないと思い、揉み療治をしている間だけその想いを指先に込めていた。

　そんな気持ちを抱いていたからこそ、ゲンさんの気持ちも理解できた。やれ宊け小屋に入っておケイの淫猥な芸を見て、興奮して暴れたのだと推察をした。自分でもその立場であれば心穏やかではなくなるだろう。ソウさんはため息を吐き、寝返りをうった。しじまの中でゲンさんの寝息が聞こえている。

なるようにしかならないと思いつつ、何とかしなくてはいけないような気もした。どういう形であれ、決着をつけないとゲンさんの気持ちがおさまらないだろうと思った。いや、ゲンさんのためにも何とかしてやろう。

ソウさんはゲンさんにとって一番いい方法を考えてみた。一つ思いつきはしたが、それはとても難しいことだった。だが同じ人間である以上、絶対に無理ということもあるまいと思い直し、ソウさんは眠りについた。

夜はまだ明けていなかった。ソウさんは冷え切った昨夜のご飯に水をかけてかき込んだ。そして朝飯を炊いて大きな握り飯を三つばかりつくると皿に盛り、梅干しを添えて、まだ眠りこけているゲンさんの枕もとに置いた。

表に出て筵の戸に紅い手拭いを結わえたが、それは休みのしるしだった。立てかけた杖を取り、ソウさんは歩き出した。夜露を吸った道を歩くと草鞋の裏から冷たさが立ちのぼってくる。明け六つの鐘が響き渡った。その音に和するように二、三の犬が遠吠えをする。だがソウさんにはその音や声は遠く、まったく別のことを考え続けていた。

東両国広小路に着く頃には朝陽が満ちて、ソウさんも暖かみを感じた。赤みがかった陽射しが、まだ開店前の立ち並ぶ菰掛け小屋を照らしている。ソウさんは見世開きの用意をしている小さな男に近づいて声をかけた。

「もし、やれ突け小屋はどちらでございましょう」

「あそこが開くのは午すぎてからだぜ。て言うかおめえさん、眼が見えねえのに行くのかい」

「いえ、そこで働いているおケイさんに按摩を頼まれましたのですが、道に迷いまして難儀をしておるところでして」

「しょうがねえなあ」男はソウさんの手を引いて、やれ突け小屋の裏手まで連れて行ってくれた。

そこではあの眼の玉と木戸番が焚火を挟み、立ったままで大きな饅頭を貪り食べていた。

「おケイ？　あいつは午にならねえと来ねえよ」ソウさんが訊くと眼の玉は饅頭を頬張ったままで言った。

「住まいはどちらでございましょう」

「待ってりゃあいいじゃあねえか」

「按摩を頼まれましたもので」

「めんどくせえ野郎だなあ。ここで待ってろって言ってんだよ」

「しかし」と言いかけたところで木戸番が襟首をつかんだ。「しつけえんだよ。飯がまずくなるじゃあねえかよ。帰りな」と、ソウさんを突き放した。

「仕方ありませんな。では権吉親分に頼んでみます」ソウさんが行こうとすると、眼の玉が慌てたように、

「おめえ、お頭を知ってるのか」

「はい。親分さんはお得意様でございますので」

「ちょっと待ちねえ。何だってそれを早く言わねえんだ。おいサブ、こちらの按摩さんをおケイの家までお連れしろ」

「へ、へい。では按摩さん行きますぜ」

「それではごやっかいになります」ソウさんは杖を差し出した。

木戸番は杖の端をつかんで先導して歩き出した。本当は権吉の名を出すつもりはなかったが、そうでもしないと埒が明かないと思った。武家でも町人でも下の者が上の者に弱いのは世の常だった。

ケイが住む裏店は尾上町にあり、近くには大川が流れていた。吹いて来る風の中に微かな潮の匂いを嗅いだ。船頭が長閑に唄う声も聞こえてくる。木戸番とソウさんが裏店のドブ板を踏んで行くと、井戸端で洗濯をしながら話し込んでいた女たちが話をやめ、うさん臭そうに二人を見た。

裏店は八軒ばかり軒を連ねて建っている。

「ここがおケイの家だ」木戸番はおケイの家の前で言った。

「さようですか、ありがとうございます」

「じゃあ気をつけて帰えんなよ」木戸番は去って行った。

「おケイさん。本所の按摩の壮一郎でございます。少しお話があってまいりました」ソウさんは小さく戸を叩いて鳴らした。

少し間があってから、「お入りよ」と眠たそうなおケイの声がして、ソウさんは戸を開けて中に入った。とたんに熟した柿みたいな酒の匂いが鼻を突いた。おケイは寝床から浴衣着の身を起こし、あくびを一つしてソウさんを見た。ほつれた二、三の髪が頬にかかり、気怠そうな眼をしている。その枕もとには貧乏徳利と湯呑み、煙草盆が置かれていた。

「突然お訪ねして申し訳ございません」

「どうしたんだい。よくここがわかったね」

「木戸番の方に案内して頂きまして……あの、お頼みしたいことがございまして」

「まあお上がりなさいよ」

「いえ、私はここで結構でございます」ソウさんは上がり框に腰を下ろし、斜になっておケイに顔を向けた。

おケイは煙草盆の火打石を打って付け木に火をつけ、火入れに投げ入れた。そして煙管に莨《たばこ》を詰めて火をつけるとソウさんを見た。

「で、頼みって何だい。言っとくけど貸す銭はないからね」おケイは煙を吐いて言った。

ソウさんの鼻をくすぐるように煙の匂いが漂った。いつもとちがって、おケイの声音を冷たく感じる。

「いえ、そうではございません。実は、おケイさんに縁談をお持ちしたんですよ」

「縁談？」

「さようございます。おケイさんにはもうどなたか決まった方でもおありですか」

「何だい薮から棒に。何だってソウさんがあたしに縁談を持って来るのさ」

「それが、その相手と申しますのが、私の同居人のゲンさんでございまして」

「は？　ゲンさんて、あの耳も口もダメなジイさんかい」

「さようですが、心根はたいそうよい男です。いずれは私が手に職をつけさせますので、所帯を持ってもらえないかと考えた次第です」

おケイは煙管をふかしながら、じっとソウさんを見つめた。そして弾けるように笑った。

「何が、おかしいのでしょう」

「ソウさんは冗談も通じない真面目な人だってわかってるけどさ。いくら何でもそりゃあ無茶じゃないの。それとも何かい、あたしがやれ突け姐さんだからゲンさんみたいなのをあてがうのかい」

「いえいえ、おケイさんのような方なら、ゲンさんを受け入れて頂けるのではないかと考えた次第です」

「でもさ、手に職をつけるって、どうやってつけるんだい。あたしに苦労しろって言ってるようなもんじゃあないか」おケイは煙管の灰を落とした。

「ですのでゲンさんが手に職をつけるまでの間、まとまったお金を私がお渡しするということではいかがでしょう？」

「ずいぶんとみくびられたもんじゃあないか」

「え？」

「銭であたしの気持ちを動かそうっていうのかい」

「そういうわけでは」

「だいたいあたしはゲンさんとやらを全然知らないんだよ。それなのに押しつけるっておかしいじゃあないか」

言われてみて初めて気づいたが、確かにおケイの言う通りであった。自分がおケイにまだ気があって、ゲンさんにあきらめさせるためにここまで来たのだという本性を暴かれた気がした。汚い男だと思い、顔が赤らんだ。

「わかりました。今日の話は忘れて下さい。申し訳ございませんでした」ソウさんは腰を上げて行こうとした。

「ちょっと待って」煙管を弄びながらおケイが言った。「あたしね……ソウさんならいいんだよ」

「は？　何がいいんです」

「全部を言わせないでよ。ソウさんとなら所帯を持ってもいいってことだよ」

ソウさんは言葉を失い、その場に固まったままで突っ立った。

「聞いてるのかい」

「え、ええ、聞きましたが、それこそ冗談でございましょう。からかってもらっては困りますよ」

「何言ってんだい。あたしの惚れてるのはソウさんなんだよ」

その声音に甘えるような色香をはっきりと感じ取った。おケイはいざり寄ってソウさんの手を取った。熱くて柔らかな手の感触がソウさんの手を包み込んだ。

「マジだからね、あたし」

ソウさんは手を引こうとしたが、力が入らない。

「ダメなのかい、あたしじゃあ」

おケイの身体から莨と白粉、酒臭さが入り雑じって匂い立った。その淫猥な匂いにソウさんは年がいもなく血が膨らみ、欲情をおぼえる。

「そのようなことを急に言われましても」

「あたしにはわかってたんだ。ソウさんもあたしに惚れてるんだって。でしょ？」

頷くよりほかなかった。とらわれた魚のように、どう捌かれても仕方がない気がする。おケイと夫婦になり、和やかに夕飯を食べる画までが思い浮かんだ。まぐわいを想像し、また血が膨らむ。思わず抱き寄せようとした時、手を放しておケイが離れた。

「でもダメなの。ソウさんとは所帯を持てないんだ」

「なぜでございます」

「あたいには間夫がいてね」

「間夫とは何です」

「男だよ。あたしが貢いだ銭で遊んでさ。切れたいって言ったら打たれて……もうどうしようもないんだ」

「逃げればいいではないですか」

おケイは黙ってソウさんを見つめた。その沈黙にソウさんは戸惑った。どうしてこんなことになってしまったのか自分でもわからなかった。いつの間にかおケイという女にのめり込もうとしている。表で雀がしきりに鳴いていた。子どもたちが歓声をあげながらドブ板を踏んで走り過ぎて行った。ソウさんは胸が高鳴る音を感じている。

「じゃああたしを連れて逃げてくれる?」

思い詰めたおケイの声がソウさんの心に追い打ちをかける。

「承知しました」

感極まったようにおケイがソウさんにすがりついてきた。白粉の匂いがさらにたった。

「うれしい……どこか遠いところで暮らそうよ。でも銭はあるのかい? あたしは間夫に取られてるから五十文くらいしかないんだけど」

「まかせておいて下さい。これは当座の金にして下さい」と、ソウさんは懐から財布を出して上がり框に置いた。「これだけではありませんから。家に戻れば一年や二年は働かずとも食えるだけの蓄えが置いてあります」

おケイは涙を指で拭いた。

「こんなことならもっと早くソウさんに言うんだった。何だか夢みたい」

「夢ではありませんよ」

「ありがと。じゃあ今晩でも発てる?」

「それはまたずいぶん急でございますね。手形もないというのに」

「そんなものはいいんだ。逃げるんだから抜け道を行くんだ」

「わかりました」

「じゃあいいね。暮れ六つの鐘が鳴る頃、両国橋の西のたもとで落ち合おうね」

「いいでしょう」

「あたしこれから仕度するから、ソウさんもしてきて」おケイはソウさんから離れて言った。

「はい。では、今晩」

ソウさんが杖を握って表に出ると、暖かな陽射しを全身に浴びた。朝の冷気はとうに消え去っていた。ソウさんは明るさを瞼に感じながら、杖を突いて歩き出した。気が急いて自然と足が早くなる。これは夢ではないかと繰り返し思った。

同時にゲンさんを裏切るという気持ちが重くのしかかってくる。こんな話をゲンさんにとってもできるものではなかった。もとより御家人時代も含めて人を欺いたり、陥れるなど一度もしたことのないソウさんであった。そうしたことが許せぬ男だった。それなのに今、老いぼれた自分がやろうとしていて愕然となってしまう。

ソウさんは雑踏の中で足を止めた。行き交う人の足音、話し声や行商の売り声などを聞きながら、どうしてこんなことになってしまったのかと考えたが答えは出なかった。ただ今晩おケイと逃げて添い遂げるという、その興奮しかない。ゲンさんには秘しておこう。それがせめてもの心遣いであるし、親兄弟を裏切るわけでもないのだからと言い聞かせてまた歩き出した。

小屋の中に入ると、ゲンさんは血走った虚ろな眼を宙に漂わせ、畳の上で横になったままだった。今朝つくっておいた握り飯も手つかずのまま残っている。それを手に触れて知ったソウさんは暗い気持ちになった。

御家人時代に恋患いの話を聞いたことがあった。旗本の娘が同じ旗本の三男坊に惚れたが、三男坊にはすでに許嫁がおり、それを知って寝込んでしまった。食べ物も喉を通らず、あげくに重い病に罹り、とうとう亡くなってしまった。

ひょっとしたらこのままゲンさんも病になって死ぬかもしれないと思い、ソウさんは憂鬱になった。だがその憂鬱も、おケイの手の感触を思い出すと薄れてしまう。苦しいのは今だけで何もかも捨て去って次の人生を歩めば、それも薄霜のように消え去るはずだと自分に言い聞かせた。

部屋の隅にある両親の位牌のもとへと行き、手を合わせ、そして位牌をどけて乗せていた小さな木箱に触れた。その側板を外し、中から黄ばんだ包み金を取り出すと重みを確かめるように掌に乗せた。

二十五両という大金だった。ソウさんが御家人を辞める時、ソウさんの身の上に同情をした同輩や道場の門弟たちが当面の生活に困らぬようにと餞別でくれた金だった。だが結局ソウさんはその金には一切手をつけなかった。使わずに自活の道を歩むのが恩を返すことだと決めていた。

いずれ別れた娘と偶然に再会できれば渡そうと考えていた。生きていれば三十の齢をとうに越えている。ふつうなら嫁いで子もあるだろう。世話をできなかった詫びを入れ、罪滅ぼしにこの金をそっくりそのまま渡すつもりだった。

だがそれも所詮は夢物語だと思った。娘はひとかどの武家に嫁いでいるだろうから、今さら市井の按摩に成り下がった私になど会わないほうがよいのだ。

ソウさんが包み金を懐に押し込んだ時、ゲンさんの視線を感じた。実際、ゲンさんはソウさんのほうを見ていた。何をしているのか理解のしようもないだろうから怯える必要もなかったが、すべてを見透かされている気がする。包み金を木箱の角に当てて割ると、一分銀を一枚抜き取りその場に置いた。せめてもの罪滅ぼしのつもりだが、よけいに自分が穢《けが》れた気がした。

このまま小屋の中で暮れ六つまで待つのも息が詰まる気がしてソウさんは表に出た。陽が翳り、冷えた微風が吹いている。足音がして後ろにゲンさんが立つのがわかった。ソウさんはどうするかと思ったが、振り返るとゲンさんの手を探り、急な揉み療治を頼まれたから出かけると掌に描いて伝えた。ゲンさんは立てかけてある杖を取ってソウさんに握らせた。ソウさんは黙ってその場を離れた。

歩きながらソウさんは、ゲンさんがいつまでも見送っているような気がした。なぜこんなことをしてしまったのかと考えてみたが、自分でもよくわからなかった。魔がさして欲望のままにしたがったと言うしかなく、今となっては引き下がれなかった。

両国橋の西のたもとに立ってソウさんはおケイが来るのを待っていた。暮れ六つの鐘はとうに鳴り終わり、辺りは暗くなりはじめている。人の行き交う足音もめっきり少なくなり、冷え込んできた。待っている間はゲンさんのことも忘れ、おケイとの新しい生活を思い浮かべて胸踊らせた。

「ソウさん、遅れてすまないね。行こうか」突然耳もとでおケイの声がして、ソウさんは心の底から安堵した。

おケイはソウさんの杖を取り、引っ張って歩き出した。おケイはすでに道筋を決めているかのように迷うことなく足早に歩き、ソウさんはそれに引っ張られた。時おり窪みに足をとられて転びそうになったが、おケイが歩を緩めることはなかった。

ひっそりとした路地裏に入って行く。雑踏の音も聞こえなくなり、どこかでひと休みするのかと思いはじめた時、おケイが足を止めた。

「どうなさったんで」ソウさんが訊いても、おケイは答えない。

にわかに二、三の足音が近づいて来たかと思うと、いきなり下腹あたりを強かに殴られた。唸り声をあげて思わずうずくまったところを何度も蹴られ、殴られた。男たちの荒い息が交錯していた。ソウさんは助けを呼ぼうとしたが声も出せない。口の中が切れて血があふれた。

懐に手が差し込まれ、包み金を抜かれるのがわかった。ソウさんは必死にその手に取りすがり、とられまいと抗った。かつての剣術と、ふだんの揉み療治で鍛えているせいか、その力は思いのほか強く、男たちを手こずらせた。だがそのうち右腕を取られた。肘の関節を逆に曲げられ足で踏まれ、鈍い音とともにへし折られた。そこを何度も踏みつけられ、激痛にソウさんは叫んだ。濃い血の匂いを嗅ぎ、遠ざかる足音を聞くうちに気を失った。

五

陽が射し小屋の中が白んでゆく様を、ゲンさんは横になったままで眺めていた。昨夜からとうとう一睡もできず、身体がだるくてひどく重い。繰り返し昨日のことを思い浮かべていた。ソウさんが位牌を乗せた木箱の中から黄ばんだ紙包みを取り出し、一分銀だけを置いて懐に納めるのを見た時、胸がざわついた。何かがあったんだと感じたが、それが何かはわかりようもなかった。ただ自分を避けるようなソウさんの態度から、良いことではない気がしていた。小屋の表で別れた時、揉み療治だとは言っていたが、このまま帰って来ないのではないかと予感がした。その上おケイへの想いまで入り乱れ、ゲンさんは混乱を深めて眠れなかった。

腹が大きく鳴った。ソウさんがつくっておいてくれた握り飯を食べたきりだった。米びつにはひとつまみの米さえ残っていない。仕方なくソウさんが残してくれたお金で何か食べに行こうかと身を起こした時、戸口の筵が大きく跳ね上がった。人足風体の若い男が二人、ソウさんを乗せた戸板を運び込んで来るなり乱暴に置き、後から大家が不機嫌丸出しの顔で入って来た。

「お前さん方、ご苦労だったね。これで一杯やっておくれ」大家は財布から小銭を出して二人に渡した。二人は礼もそこそこに戸板を持って出て行った。

ソウさんは顔を腫らし、右腕には添え木がされて肩から指の先まで繃帯が巻かれている。ぐったりとしてゲンさんは死んでしまったのかと思い這い寄ったが、ソウさんは苦し気に息をしていた。

「しかしまったく迷惑な話だよ」大家が大声をあげた。「夜明け前に番屋に呼び出されて、やれ治療代だ手間賃だと取られちまって。うちの店子にはちがいないがこっちは気の毒に思って置いてやってんだ。恩を仇で返すような真似はやめてもらいたいもんだね」

まくしたてる大家をよそに、ゲンさんはソウさんの具合を心配そうに見ている。

「明日にでも出て行ってもらうからね」大家は言って、ソウさんが置いていった一分銀に眼を留めて拾った。それを見たゲンさんは取り返そうと大家に飛びかかった。

「何をする。これは迷惑料だ。もらっとくよ」

ゲンさんは大家の腕に噛みついた。「いたたたた」大家は傍にあった空の瓶をつかむと、思い切りゲンさんを殴りつけた。鈍い音がして、ゲンさんは弾け飛ぶように倒れた。

「このクズども！　おめえたちみてえな役立たずは店子でも何でもねえ！　今すぐここから出て行け！」大家は瓶を叩きつけた。瓶は粉々に砕けて四方に飛び散り、その破片がソウさんの顔に当たった。

「あたしは本気だ。今日中に出て行くんだ。でなけりゃあ人に頼んで叩き出してもらうからな」吐き捨てて大家は出て行った。

ゲンさんが頭を押さえて身を起こすと、その手を伝って血が流れた。

「大丈夫かい。すまないゲンさん。申し訳ない……私はもうゲンさんに合わせる顔もないよ」聞こえないとわかってはいても、ソウさんには言わずにはおれないといった風であった。

ゲンさんは流れる血をどうするか思案していたが壁を見た。そこにはソウさんが揉み療治の時に使う白いタスキが三、四本掛かっている。ゲンさんはそれを取って頭に巻きつけ、ソウさんの枕もとに正座をして見守った。何がどうなっているのかわからなかったが、ソウさんが何者かにメチャクチャに痛めつけられ、落ち込んでいることだけは確かだった。頭が痺れるように痛んでいたが、それがおさまるにつれ眠気が襲ってきた。そうしてゲンさんは横になって寝入ったのだった。

気配を感じて眼がさめた時、陽はとうに沈んで小屋の中は暗闇に包まれようとしていた。ゲンさんは頭の痛みを感じながら身を起こし、そのほうを見た。部屋の隅で正座をしているソウさんの影があった。両親の位牌を前にして自由のきく左手だけを拝むようにして、口の中で何かしきりに言っている。ゲンさんは位牌を知らない。だがソウさんが何か言いながら毎朝手を合わせていたので大切なものであろうことは察していた。

ソウさんは左手を脱力したように筵の床につき、うなだれて動かなくなった。背中がふるえていた。そのうち涙を拭いて、身体をぐらつかせながら立ち上がった。そしておぼつかない足取りで表へと出て行ってしまった。その様子にゲンさんは胸騒ぎをおぼえ、後に続いた。

辺りにはまだ陽の名残りがあった。わずかに欠けた月が濃紺の夜空に浮かんで、星がまばらに出ている。どこからか魚を焼き、煮炊きする夕飯の匂いが漂ってきて、ゲンさんの空腹を刺激した。眼の前を行くソウさんは右に左に身体を揺らしながら杖も突かないで、地面の凹凸に足を取られては転びそうになり、だましだましといった感じで竪川沿いの道を歩いて行った。

なまぬるい風が川のほうから始終吹いてゲンさんの顔をなぶってゆく。遠くに望む屋並みに眼をやれば、いくつもの白い灯りが映り、それを見ながら泣きそうになった。昨日まではちゃんとした生活があったのに、何だってこんなことになっちまったんだろうと思うと泣けてきた。

今はおケイよりも眼の前を歩くソウさんが気がかりでならなかった。自分のせいでこんなことになってしまったのではないかと感じた。それは何の根拠もないことだったが、女にうつつをぬかしてやれ突け小屋で暴れたことが原因にちがいないと思い込み、ソウさんに申し訳が立たない、恩を仇で返したと思って涙をこぼした。

突然ソウさんが足を止め、ゲンさんも立ち止まった。

「ついて来るんじゃあないよ」

ソウさんは振り返り、左手で「帰れ」という手振りをした。ゲンさんにはその意味はわかったが帰れるはずもなく、じっとしたままでソウさんを見つめた。ソウさんはため息を吐いてまた歩き出した。

一之橋を渡り、小さな神社の鳥居をくぐり、境内脇に繁る雑木林へとソウさんは入って行った。ゲンさんも逃すまいと後に続いたが、そこは初めて来る場所だった。風が吹くと木々の葉が鳴った。落葉を踏む二人の足音が暗がりの中で大きく聞こえている。ゲンさんにとっては暗い陰鬱な場所でしかなかった。

ソウさんが立ち止まったところには大きな杉の木が植わっていた。ソウさんはその幹をゆっくりと撫ぜた。ゲンさんはすぐ後ろに立ち、月明かりの中で蠢《うごめ》くその手の影を見ていた。

「この近くに按摩の修業をする学問所があってね」ソウさんはさしたる感情もないように語り出

した。「ときどき稽古がつらくなるとここに来て、杉の木の匂いを嗅いだものだ。生まれた家の庭にも杉の木が植えてあってね。匂いが懐かしくて……ゲンさんすまないがね」と、ゲンさんの肩を押さえ、四つ這いにさせると草履を脱いで揃え、その背中の上に乗った。そして懐からタスキを取り出すと杉の木の太い枝に掛け、左手と口を使って両端を結わえて輪にした。四つ這いになっているゲンさんの脳裏に若い頃に寺で野宿した時に見た、境内の松の木で首を吊って死んでいた男の姿が思い浮かんだ。いけない！　と思い四つ這いをやめて立ち上がったが、すでにソウさんはタスキの輪の中に首を入れたところだった。心の準備もないままに首吊り状態となり、両足が宙をもがいて掻いた。ゲンさんが慌てて両足をつかむとタスキが切れて二人とも倒れてしまった。

暗闇の中で二人の荒い息遣いだけが続いていた。ソウさんがなぜ死のうとしたのか、ゲンさんはその理由を知りたかったが、訊いてはいけないような気がした。二人は長い間、冷えた落葉の上に寝たままで動かなかった。

突然、ソウさんが身を起こした。ゲンさんも何ごとかと起きてソウさんを見た。ソウさんは耳を澄ますように首を傾げていたが、立ち上がって歩き出した。ゲンさんはわけがわからないままその後をついて行った。

ソウさんは目指す場所を決めているかのように雑木林をぬけて、境内の石畳を真っ直ぐに歩いて行き、拝殿の前へと出た。そして跪き、暗がりの中で左手を動かして探った。ゲンさんも同じように跪いてみると、月明かりの中で小さな影が蠢いている。ゲンさんはそれをそっと抱き上げた。

産まれたばかりとおぼしき赤ん坊だった。ボロ着に包まれ、小便の臭気を放っている。蚊が鳴くような微かな細い泣き声をあげていた。その声を聞きつけてソウさんはここまで来たのだった。人肌の温もりを感じながら、ゲンさんはたとえようもない熱い感情が、肚の底から湧き上がってくるのをおぼえた。

「捨て子だね。かわいそうに」ソウさんは力のない声で言った。「しかし、因果なものだ。私たちのような者に拾われて」

ゲンさんは赤ん坊に顔を近づけ、その様子をじっとうかがっていた。その眼が我が子を慈しむかのような、小さな光を放っている。

「ゲンさん、番屋に届けなければいけないよ。それが決まりなんだ」ソウさんは言ったが、ゲンさんにどう伝えてよいのかがわからない。

そのうちゲンさんは落ち着かなくなってきた。このままだと赤ん坊が死んでしまうと直感したからであった。ゲンさんはソウさんの掌に、「死ぬ」ことを伝えた。ソウさんは赤ん坊の首に指を置いて脈をとり、唸って黙り込んだ。その様子にゲンさんは気が気でなくなり、「どうなんだ」

とソウさんの袖を引っ張ってしきりに尋ねた。

ソウさんは顔を上げると鼻の穴を膨らませて恐い顔をつくり、人差し指で右の頬に線を引いた。ゲンさんはその様を一心に見つめていたが、あっと気づき赤ん坊を抱いて駆け出した。ゲンさんが向かった先は権吉の家であった。ソウさんの権吉の顔真似に気づいて、赤ん坊を抱いて懸命に走ったのだった。

その頃権吉は女房のおフクの酌で、銀次ら三、四人の子分たちと一緒に酒を飲んでいるところだった。ゲンさんが権吉の家に着いた時には汗だくで息を切らし、もう一歩も動けないといった具合で閉め切られた表戸を何度も叩き、下っ端の子分が戸を開けて出て来ると赤ん坊を預けて倒れてしまった。そして目覚めた時には、朝陽が射し込む座敷で柔らかな蒲団に寝かされていた。ゲンさんはしばらくぼんやりとなっていたが、霧が晴れてゆくように昨夜のことを思い出すと飛び起きた。

障子戸を開けて廊下に出たが、勢い余って植木や盆栽の並ぶ庭に降り立った。まわりを見渡し、赤ん坊の姿を眼で追った。ちょうどそこに銀次が通りかかり、ゲンさんの手を引いて権吉のいる座敷へと連れて行ってくれた。そこではソウさんが悄然となって座り、長火鉢を挟んで権吉が煙管に莨《たばこ》を詰めていた。ゲンさんは銀次にうながされてソウさんの隣に座ったが、赤ん坊のことが気になって忙しなくあたりを見回していた。

「お早うゲンさん」権吉はゲンさんの様子を察して笑顔になった。「赤ん坊のことなら心配はいらねえ。今うちの飯炊きの女が乳をやってくれてるよ。ああそうか。おめえさん聞こえねえんだったな」と、苦笑して煙管に火をつけた。

ソウさんはゲンさんに身振り手振りで赤ん坊は向こうで乳をもらっていると伝えた。ゲンさんは赤ん坊がこの家にいると知っても気がかりで仕方がなかった。

「で、ソウさんよ、おケイはどうするね」その大きな鼻の穴から煙を出して権吉が真顔で尋ねた。

「どうする、と申されますと?」

「うちのシマで起きたことだ。若い衆に追わせて捕まえることもできるんだ」

「いえ、これも自業自得。私が悪うございます。おケイさんも何か事情があったのでしょう。恨みになんぞ思ってはおりませんので」

「おめえも人がいいにもほどがあるな」呆れたように権吉が言う。「しかし、そこまで痛めつけられたんじゃあ当分商いにはなるめえ」

「はあ、医者の診たてではもう右手は強く握れないということでしたので、もう按摩は無理かと思います」

「じゃあどうすんだい、これから」

「それはまだ……」

「おめえらもよくよくついてねえなあ。眼も見えねえ、耳も聴こえねえ、口もきけねえ、銭までとられちまってよ。神も仏もねえもんだ」権吉はため息を吐いた。

「ですのでそう思いまして昨夜は」

「だからその心がけがいけねえって言ってんだよ。死んじゃあ元も子もねえだろう」

「しかし、このような身となって、人様に迷惑をかけるしかないとなれば、いっそ」

「バカ野郎！」権吉は煙管を灰皿に当てて灰を落とした。

　その剣幕にソウさんは思わず背筋を伸ばした。だがゲンさんは落ち着かない素振りで腰を浮き沈みさせて、表の方をしきりに気にしている。

「気持ちはわかる。わしだって若い時分に斬ったはったでやられて、半年ばかり寝込んだこともあるさ。その間は河原に立てた筵の小屋暮らしさ。でもな、それが底の底だと思えば、あとは上に上がってゆくもんだぜ」

「親分さん、若い時分ならまだ何とかなりましょう。志がございましょうから」

「ココロザシ？　わしは武家でもねえから難しいことはわからねえ。でもな、人ってえのは生きてさえいれば何とかなるもんだと思うぜ。というか、このゲンさんに申し訳が立たねえと思わねえのか？　命を二度も助けてもらってよ」

「はあ……そのゲンさんを私は裏切ったのでございますよ」

権吉は何か言いかけた口を閉じて、深いため息を一つ吐いた。「とにかく、生業をどうするか考えねえとな。客人だと思えば一人や二人何とかしてやりてえが、うちも今は若い衆に食わせるのが精一杯でな」

「ありがとうございます。そのお気持ちだけで十分でございます。いっそゲンさんと二人、物乞いでもすれば何とかなりましょう」ソウさんは笑ったが、権吉は寂し気に鼻を一つ撫ぜただけであった。

その時ゲンさんが堪らず立ち上がった。

「おい銀次、ゲンさんを台所にお連れしろ。いても立ってもいられねえようだ」権吉は苦笑した。

「へい」控えていた銀次はゲンさんの肩を叩き「行きやしょう」と連れて出た。

台所ではおフクや下働きの女が三人ばかり頭を寄せて、赤ん坊を代わる代わる抱っこしてあやしていた。銀次に案内されて来たゲンさんはそれを見て、女たちに飛びかかるように赤ん坊を取り上げた。

「何だよあんた」一番年かさの女が言った。

「いいんだよ。こちらは赤ん坊を拾った客人なんだけど、耳も聴こえないし口もきけないから何を言っても通じないよ」おフクは笑った。

「へー、情が移っちまったんですねえ。でもこの子、色白の器量良しになりますよ。いっそ姐さんのところで育てたらどうです」

「ダメダメ。うちの人で手一杯だよ。ああ見えて大きな子どもみたいなもんだからね」

女たちは弾けるように笑った。それをよそにゲンさんは真新しい産着にくるまれた赤ん坊を抱いて、うれしそうにその顔を見つめている。赤ん坊は小さな寝息をたてて静かに眠っていた。乳の甘い匂いがする。ゲンさんは餅のように柔らかな赤ん坊の頬を指でつつきながら、自分の一番古い記憶をたどっていた。

真冬の凍てつくあの日、山谷堀にかかる橋のたもとに幼いゲンさんは置き去りにされていた。破れ筵にくるまり、声にならない声をあげて、ひもじさに泣いていた。土手の草と掘の水の匂いが混ざった何とも言えない臭気を今でも憶えている。そのうちボロを着た大きな親方が近寄って来て、荒縄のようなささくれ立った固い手でゲンさんを抱き上げたのだった。

その時の光景を、ゲンさんはどこからか覗いていたように鮮明に憶えていた。だがその古い記憶が赤ん坊に執着させたわけではない。か弱い小さな赤ん坊を守ってやりたいという一心だった。

おフクたちは戸惑ってゲンさんを見ていたが、そのうちおフクが思い出したように手を叩いて、「さ、早いとこ朝ご飯の仕度をしておくれ。若い衆がお腹すかせて待ってるんだ。あたしも手伝うよ」と威勢のいい声をあげた。その声に下働きの女たちも我に返って賑やかに仕度をはじめた。

ゲンさんは最初のうち赤ん坊をあやしながら女たちが飯を炊いたり、干物を焼いたりする様を眺めていたが、年かさの女がだし雑魚を取り出して味噌汁をつくりはじめた時、引き寄せられるようにその傍へと行った。鍋に顔を近づけ、あまりに熱心に見つめるので女は気味が悪そうに後ずさった。

ゲンさんにとって味噌汁は思い出の味だった。親方の好物で、死ぬまで毎日つくり、もの憶えの悪いゲンさんにもそのつくり方を辛抱強く、三年ほどもかけて教え込んだ。物乞いのほかに学んだ唯一のことと言ってもよかった。親方は夕暮れ時になると天ぷら屋台に行って、わずかな油をもらって来た。そして季節によって大根やナス、小芋などの野菜を鍋でまず炒め、出汁をとり、味噌を入れた。そうすると野菜の甘みが増し、コクと旨味が出て、何とも言えない美味となる。味噌汁というのは何を入れても美味くなると、ゲンさんは親方から学んだのだった。

親方が死んでからゲンさんは味噌汁をつくらなかった。親方を思い出すのが子ども心につらかった。そのうち味噌汁のことなど忘れていたのだが、今鮮やかに甦った。そして——腹が減っていることもあったが本能のように——つくってみたい衝動にかられた。

赤ん坊を年かさの女に預けると、ゲンさんは強引に味噌汁をつくりはじめた。それを周りの誰も止めることはできなかった。耳が聴こえず口もきけない男が、何かに取り憑かれたように素早い手さばきで味噌汁をつくる様を、女たちは驚きをもって眺めるしかなかった。

六

ゲンさんがつくったワラビの味噌汁を権吉が一口啜った時、一瞬変な顔をして首を傾げた。横からおフクが、

「ゲンさんが勝手につくっちゃったんだよ。口に合わなけりゃあつくり直すからさ」と慌てた風に言った。

だが権吉は「こいつあ、うめえ」と唸るように言ってまた啜った。ソウさんも飲んでみたが、今までに飲んだ味噌汁の中でも頭《ず》抜けて美味しいと感じたのだった。ワラビは噛むほどに甘く、こたえられないコクと旨味が口の中に広がる。

「これを本当にゲンさんがつくったのですか？」ソウさんは驚きの声をあげた。

「そうなんだよ。ああ見えて手際がよくて驚いちゃった」

「飯すらまともに炊けないのに」

「人それぞれ一つくれえは取り柄があるというが、これはてえしたもんだぜ」権吉は空になった椀を給仕の女に差し出した。「もういっぺえもらおうか」

「それで、今ゲンさんはどうしておりますでしょうか」

「台所でサッサとご飯を食べて、庭に出て赤ん坊をずっとあやしてるよ」

ソウさんは不穏なものを感じて黙り込んだ。

「ソウさんよ、情が移ったってなもんじゃあねえかもしれねえぜ」権吉が言うとソウさんは表情を曇らせた。

「はあ、そのようでございますな」

「どうするよ」

「どうするも何も、捨て子は番所に届け出た後に、養子としてもらわれるのが決まりですから、そのように致します」

「しかし、承知するかねゲンさんが。ああ見えて結構頑固だと思うぜ」

「それはわかっております。ですが承知しないのなら力づくでやるまでです。その時は親分さん、お願いします」

「え、わしか……しょうがねえなあ。ま、その時はその時だ。しかしうめえな、この味噌汁」権吉はお代わりをした味噌汁を啜った。

ソウさんは飯が喉を通らなくなった。昨夜は死のうとしていた自分が、今はゲンさんを説得しなくてはいけないことが不思議で仕方がない。とにかくゲンさんと話をしなくてはと思った。

「すみませんが、ゲンさんと二人だけで話をする部屋を貸していただけますか」

権吉は承知をして、客間に二人を通すよう銀次に言いつけた。

ソウさんが客間の座敷に通された時、ゲンさんは既に眠る赤ん坊の傍に座り、その頬を愛おしそうに指で触れていた。ソウさんはゲンさんの体を探り、掌に「捨て子は他の人に預けて育ててもらわなければならないんだ」と描き、身振りを交えて伝えた。

ゲンさんは顔色を変え、赤ん坊を抱き上げて絶対に渡すまいと背中を向けた。これほど何かに執着するゲンさんを見るのは初めてだった。ソウさんは赤ん坊への強い思い入れを感じたが、なぜゲンさんがそこまでこだわるのかはわからない。ゲンさん自身も捨て子だったからだろうかと思ったが、だからと言って赤ん坊に執着する理由にはならなかった。

「ゲンさんが赤ん坊を育てるのは無理なんだよ」ソウさんはゲンさんの背中に描いて伝えた。ゲンさんはいっそう身を強張らせて赤ん坊を守るように抱え込む。やれ突け小屋で暴れたという話を思い出した。無理に引き離そうとすれば何をしでかすかわからない。

ソウさんはどうしてよいのかわからなくなった。やはり権吉親分に頼んで力ずくでも赤ん坊を番屋に届けようと腰を上げた時だった。赤ん坊が火のついたように泣き出した。ゲンさんが立ち上がってあやし続けると、赤ん坊の泣き声はだんだんと小さくなって穏やかな顔で寝入ってしまった。

小さくなってゆく泣き声を、ソウさんはじっとして聞いていた。ふいに権吉の部屋のほうから賑やかな笑い声があがる。仕合わせな人たちだと思った。それに比べてゲンさんはその笑い声すら知らずに育ったにちがいない。

ソウさんはあっとなった。拾った赤ん坊が自分とゲンさんを生かしてくれたような、そんな思いにとらわれた。神様か仏様の授かりものであり、禍ではなく恵みではないのか。でなければ今にも死のうという時に赤ん坊を拾ったりするものか。ゲンさんはそれを本能的に察したのではないのか。

ソウさんは合点してゲンさんの肩に手を置くと、客間を出て権吉のもとへと戻った。


話を聞いた権吉は言葉を失っておフクと眼を合わせ、ソウさんをまじまじと見た。

「面倒をみるって、どういうことだい」

「ですので、私とゲンさんとであの赤ん坊を引き取って世話をしたいと考えております」

「そいつあいくら何でも無茶だろう。そんなことすりゃあ共倒れになるのがおちだ。悪いことは言わねえ、決まり通りにしたほうがいい」

「そうなりますとゲンさんが承知いたしますまい。何卒お力添えをお願いしとうございます」

「じゃあ訊くが稼ぎはどうするんだ。おめえさんはもう按摩ができねえんだろう。ゲンさんもまともに働けやしねえ。どうやって赤ん坊を育てるって言うんだい。まさか本当に二人で物乞いをするなんて言うんじゃあねえだろうな」

「それは……」ソウさんはそこまで考えてはいなかったが、赤ん坊をゲンさんと育てるという気持ちは少しの揺るぎもなかった。

「商いでもはじめればいいじゃあないか」おフクが口をはさんだ。

「だからこの二人で何ができるっていうんだよ」

「何言ってんのさ。ゲンさんは飛び切り美味しい味噌汁がつくれるじゃあないのさ」

「味噌汁？　……ああ、なるほど。そいつあいい考えかもしれねえ。ソウさん、わしの縄張りでゲンさんの味噌汁を売れよ。きっと評判になるぜ」

「え、そのようなことができますでしょうか」

「できるともよ。場所なら何とでもなる。おい銀次、この前煮売り屋の親爺がポックリ逝っちまったあすこはまだ空いてたよな」

「へい。あそこなら居抜きで使えまさ」

「よし決まった。仕入れの銭くらいは都合してやる。手伝いの女もうちから出してやろうじゃあねえか。もちろんショバ代はもらうぜ。いいな」

「しかし、それより前に赤ん坊を私たちで面倒みるという話は」

「心配いらねえ。町役とわしは古い顔なじみだ。うまく言っておいてやる」

「本当でございますか」

「ああ、東両国の権吉に二言はねえ。まかしとけ」

「ありがとうございます」ソウさんはすっかり晴れやかな気持ちになって頭を下げた。

「礼なんぞはいらねえよ。こいつは商いの話なんだからよ。施しじゃあねえんだ……まあ、おめえたちを見ていて、ちったあ情にほだされたってえのもあるがな」権吉は微笑んだ。

「さ、そうと決まればゲンさんに教えてきておやりよ」おフクが言うと、銀次がソウさんの手を引いて、また客間へと連れて行ってくれた。

ゲンさんは赤ん坊に添い寝をして鼾をかいていた。ソウさんはその枕もとに座り、代わる代わる聞こえてくる大きな鼾と小さな寝息に耳を傾けた。冷静に考えてみて、ゲンさんと商いなど本当にできるものだろうかと不安になった。だが自分たちのためではなく、この子のためにやらねばならないのだと思うと力が湧いてくる。

おケイのことを想った。まだ未練があった。本当にだまされたのだろうかと考えてはみたが、今さらいくら考えても意味がなかった。だがゲンさんを欺こうとした己の汚い心は拭い去りようもなく、情けなさがこみ上げため息を吐いた。本当のことを打ち明ける勇気もなく、これからは贖いをするためにゲンさんを支えていこうと決めた。

ソウさんは長年その胸の奥に秘めた、見ないようにしていたものが今、あらわになるのをはっきりと感じる。私は妻子を捨てたのではないかという思い――自分はただ現実から逃れたくて、傷つきたくないから独りきりになりたくて、家を捨てたのではないか。その気になれば、按摩をしながらでも妻子を養えたのではないか――そう、私は体面を気にして、傷つくのが恐ろしくて妻子を捨てたのだ。

もう三十年もの間封印してきたその悔恨が、ゲンさんと赤ん坊によって露呈した気がする。

ソウさんは小さな寝息のするほうへ手を伸ばし、指先で赤ん坊の顔を探った。ふっくらとした、温かな頬に触れた。その子は自分の力で息をして懸命に生きている。えらいものだなと思った。こんなに小さくても生きているなんて。娘の赤ん坊の頃は妻にまかせきりで、育つのが当たり前みたいに考えていたが、自分が育てるとなると本当にできるのかと思ってしまう。

盲目の者や耳の聴こえない、話せない者に育てられたからダメな人間に育ったと言われないように、何としてでもちゃんとしつけて育てなければと気持ちを奮い立たせた。やる前から泣き言を言ってもはじまらぬ。全身全霊、死力を尽くしてやるべきことをやって、ダメだった時に思い切り泣けばいいと、自らを鼓舞した。

ソウさんも横になって川の字に寝てみた。ひんやりとした畳の感触、い草の匂いが心地よかった。庭先で鳴いている雀の声が、眩い陽光を思わせた。風が吹いたのか、庭木の葉が鳴る音が微かに聞こえてくる。一瞬夢を見ているような感覚に陥ったが、まだ眠ってはいなかった。もう死のうとは少しも思わなかった。自分のことしか考えないから死にたくなるのだ。赤ん坊のために生きると決めたからには、死ぬことなど考える暇《いとま》もないはずだ。とにかくこの子が一人前になるまで、何としてでも生き続けねばならぬ。己の命に替えてでも守り抜いて育てるのだ。

ソウさんは繰り言のように思い続ける。雀の声も庭木の葉の音も聞こえなくなり、静かになった。昨晩のことが嘘みたいに仕合わせな気分に浸って、ソウさんは眠りに落ちた。

七

東両国の立ち並ぶ見世物小屋から少し外れたところにある一軒家が、ゲンさんとソウさんの味噌汁屋だった。周囲に家はなく、脇には大きな松の木が生え、店の屋根に覆い被さるように枝葉が伸びている。客が七、八人も入ればいっぱいになる板座敷があるだけの小さな店だが、裏庭は広く、厠と井戸がついていた。店の奥にある台所には竈《かまど》が二つ並んでいて、そこに大鍋を置いてゲンさんは味噌汁をつくった。暖簾は江戸茶色にお椀の小紋をあしらったもので、権吉とおフクが開店の祝いにと贈ってくれたものだった。

まるで天職のように、ゲンさんは夢中で味噌汁をつくり続けた。身の内にあった何かが弾け、突き抜けてしまったような印象で、ひたすら味噌汁づくりに没頭した。だし雑魚や味噌、油などの仕入れもゲンさん一人でやった。米すらまともに買えなかったゲンさんだが、味噌汁となると間違いが起きなかった。つくる時も細心の注意を払い、だし雑魚や味噌の量にしても驚くほど厳密な感覚で入れた。

ソウさんのほうは骨折した右手が当分使えないので、客から注文を取り、品を出し、釣り銭のやり取りをした。味噌汁に握り飯を二つつけて十二文で売ったが、握り飯は権吉が寄越した手伝いの女がつくってくれた。そうやって人足たちが働きに出る朝早くから、東両国を見物に来た客たちが帰って行く夕方まで、二人は毎日働いたのだった。

ところが権吉の目論見は外れ、客足は鈍かった。おまけにソウさんの眼が見えないのをいいことに食い逃げをしたり、代金を誤魔化して立ち去る者まであらわれた。日に十人も客が来ればいいほうで、手伝いの女も来なくなり、握り飯もゲンさんがつくるようになった。

このままだと権吉が用立ててしてくれた仕度金が底をつくのは眼に見えていたが、二人には悲壮感はなく、それどころか毎日が楽しくて仕方がないといった風であった。言うまでもなくそれは拾った赤ん坊がいるからだった。

赤ん坊はサヨと名づけられた。働いている間はゲンさんかソウさんかどちらかが背中におぶっていた。お腹がすいてぐずり出す頃には、権吉に頼まれた乳飲み子を抱えた若い女がやって来て、サヨに乳を与えてくれた。おしめはゲンさんが替えたが、いつもソウさんが傍にいてサヨをあやしていた。

店を閉めると二人はその日のあがりの勘定をしたが、日に数人の客とあっては数えるまでもなかった。その後は残りものの味噌汁とご飯を食べ、座敷に寝床を延べてサヨを真ん中に川の字になって眠った。

夜泣きがひどい時は、ゲンさんはサヨに味噌汁の上澄みの汁をほんの少しだけ、小指につけて舐めさせる。そうすると泣き止んで気持ちよさそうに眠った。「赤ん坊に味噌汁はよくないよ」と乳を飲ませてくれる女が注意をしたが、ゲンさんは自分もこれで育ったんだからとやめなかった。サヨは舐めるというよりゲンさんの小指を吸った。客から味噌汁を美味いとほめてもらうより、そうやってサヨが泣き止んでくれることが何よりもうれしかった。

味噌汁が売れようが売れまいがサヨの顔を眺めているだけで、ゲンさんは仕合わせな気持ちになれた。高い高いをしてサヨが声をあげて笑おうものなら、子どものように小躍りして喜んだ。その生活はもとより自分自身の身体――肉も血も骨も心までも――すべてをサヨに捧げる日々であった。

サヨと暮らし、商いをはじめてみると、ゲンさんとソウさんは今まで以上に互いの気持ちが通じ合うようになった。掌に伝えたいわずかな画を描くだけで理解ができ、阿吽の呼吸が出来上がって、以前のようなもどかしさや苛立ちを感じることもなくなっていた。それは不思議なことでもなく、サヨという子を何としてでも立派に育て上げるという、二人の執念がそうさせたとも言えた。

このところのゲンさんは夜寝る時、サヨの寝顔を眺めながら奇妙な感慨にとらわれた。サヨと暮らす前の、いやソウさんと暮らす前の自分というものが、生きていなかったように感じるのだ。生きてはいたのだけれど、ただ食べて寝てという犬猫と同じようなものだと思った。ソウさんと出会った時にすべてが転じて、生まれ変わったような気分だった。

ソウさんもずいぶんと表情が明るくなったとゲンさんは感じていた。出会った頃のソウさんは、暗い影を秘するためにわざと笑顔をつくっているように見えた。生きるよすがは按摩しかなく、ぼんやりとした幽霊のような感じだった。

とにかく「ありがてえなあ」とゲンさんは思うのだ。ソウさんとサヨと一緒に暮らして、一人前に仕事をさせてもらえて、ただただ「ありがてえなあ」と思うしかなかった。

梅雨が終わって川開きとなり、両国の花火がはじまった。ゲンさんにとって物乞いをしていた頃は鬱陶しい時期でもあった。人が多くなればそれだけ施しも多くなると考えるのがふつうだが、ゲンさんのような物乞いは往来するのに邪魔なだけで、よく罵倒され蹴られたりもしていい思いをしたことがなかった。

店を仕舞うとサヨを背負い、ソウさんを連れて毎日のように花火見物に出かけた。初めて見に行った時のことを、ゲンさんは鮮明に憶えている。両国橋の東のたもとに立って人いきれの中で見上げると、漆黒の空に紅い花火が弾けて広がった。その音と大きな花火にサヨは小さな眼を見開いて、興奮したのか手足をばたつかせて声をあげた。

「そうかい、お前、見えるのかい、聴こえるのかい。大したものだ」とソウさんは言って、サヨの手を取って涙ぐんだ。ゲンさんも胸に詰まった。

大川には花火見物の屋形船や屋根船が、隙間がないほどにぎっしりと浮かんでいる。ゲンさんはいつか三人で船でも乗って花火を見たいなあと思うのだった。

その日はひどく暑くて、夜になっても熱気を孕んだ風が始終吹いていた。いつものように花火見物を終えて帰って来ると、店の中から灯りがもれていて、ゲンさんはおや？　となった。

店に入ると板座敷に権吉と銀次、そして見知らぬ男が座っていた。痩せてひょろりとした男で齢は四十前後、通人を気取るように、腹切り帯の身なりをしている。細面で笑顔を浮かべてはいるが、眉間に深いシワが刻まれ、ゲンさんには腹に一物あるような、嫌な男に感じられた。

「おうご両人、待ってたぜ。花火見物かい」機嫌よく権吉が言った。

「これは親分さん、ご無沙汰しております」

「ソウさんも達者で何よりだ」

「おかげさまで。ショバ代の方は今日、使いの方にお預けしましたが」

「いや、そうじゃあねえんだ。ちょいと話があってな。まあ二人とも座りねえ」

ゲンさんはソウさんにうながされ、板座敷に上がって座った。すでにサヨは眠っていて、ゲンさんは背中から下ろしてそっと寝かせた。灯心が灯されていたが薄暗く、そんな中で五人の男がいるとゲンさんは息が詰まる気がする。控えている銀次が正座をして畏まり、強張った顔をしているのも気になった。

「大きくなったもんだよなあ」権吉はサヨを覗き込んで言った。「清三さん、この赤ん坊がおサヨでさ」

「ほう、色白の愛らしい娘だの」清三と呼ばれた男は甲高い声をしていた。

「只今お茶でも」ソウさんが腰を上げかかる。

「いいんだ。話はすぐに終わる」権吉の声が真面目になった。「実は今日、町役の名代としてこちらの清三さんが来られてな、おサヨを養子にもらいたいという人があると仰ってるんだ」

「おサヨをもらいたい、と？」

ソウさんの顔色が一瞬で変わるのをゲンさんは見て取った。

「ああ。この町内で丸屋という小間物問屋をやっている夫婦でな、たいそう堅い商いをして店を大きくしているという話だ。二度ばかし赤ん坊を流しちまって、養子にできる赤子がいればと町役に頼んでいたそうだ」

「しかしその町役におサヨは私どものもとで育てると伝えて、番所にも届けて下さったはず」

「届けるには届けているんだが、おめえたちの素姓では通らんだろうと、町役直々に育てるということにしてあったんだ。だから町役の裁量ひとつでどうにでもなる話なんだよ」

「今さらそんな」

「わしが言い出しておいて申し訳ねえが、商いもうまくいってねえようだし、おサヨの今後を考えりゃあ養子に出すのが一番いいと思ってな」

ゲンさんはただならぬ気配を察し、ソウさんの袖を引いて何を話しているのかと問うた。ソウさんはためらったが、仕方なくゲンさんの掌に「おサヨを欲しいという人がある」と描いたのだった。とたんにゲンさんは血相を変えて眠るサヨを抱き上げ、権吉らに背を向けた。

「しょうがねえなあ」権吉はため息を吐いた。

「親分さん、見ての通り私たちにとっておサヨは実の子も同然でございます。どうか一つ、この話はご勘弁願えませんでしょうか」ソウさんは両手をついて頭を下げた。

その後、長い沈黙が続いた。それを埋めるように時おり遠くで花火の音が聞こえている。ゲンさんはおサヨを抱き締めじっとしていた。甘い乳の匂いを嗅いで、いっそう離れ難いものを感じた。

「ソウさん、でしたな」口を開いたのは清三だった。齢に似合わない年寄りくさい口をきいた。

「はい」

「煙草盆を拝借できますかな」清三は含み笑いを浮かべて言った。

「しばしお待ちを」ソウさんは座敷の隅に置いた煙草盆を取って来ると、「どうぞ」と清三の前に差し出した。

「これはどうも。しかし、まるで眼が見えておられるようだ」清三は煙草入れから煙管を出して莨を詰めた。

「長年の勘でございます」

だが、清三が火打石を打って付け木で火を移したのは煙管ではなく、懐から取り出した懐紙だった。清三はそれをソウさんの前に放り投げた。熱さを感じたソウさんは慌てふためき、飛び跳ねるように逃げ惑った。権吉も驚いて見た。見かねた銀次が燃える紙を足で踏んで消した。

「ほら、こんな火ですらあなた方はまともに消せないのに、赤子を無事に育てたりできますかな」冷然と清三が言う。

ソウさんはその顔に怯えを残したまま言い返せずに黙り込んだ。ゲンさんは何も気づかないまま、背中を向けてサヨを抱いている。

「養子の件、承知して下さいますな」

「もし断ると申しましたら、いかがなさいますすか」顔の汗を手で拭ってソウさんは言った。

「権吉親分、どうしますかな」

「手荒な真似はしたくはねえですが……」

「それはそうでしょう」清三は火打石を打って今度は本当に煙管に火をつけた。「でも、やる時はやってもらわないといけません」

煙が漂い、その匂いにゲンさんはようやく振り向き、清三を見た。ふてぶてしい態度で煙管をふかす清三に、初見の嫌な感じがぶり返す。ソウさんの顔が強張っているのを見て旗色が悪いのだと察し、サヨをいっそうきつく抱き締めた。

「仕方ありませんな。親分、手筈通りに致しましょうか」

「へい」

「お待ち下さい！」思わずソウさんが声をあげた。「おサヨを取り上げられましては私もゲンさんも生きてはおられませぬ。何卒どうかご勘弁を！」

「ほう、首でもくくるとでも仰るんですかい」

「その所存にございます」

「それはまあ、お前さん方の勝手だ」清三は灰皿に軽く雁首を当てて灰を落とした。「決まりは決まりだ」

「悪く思うなよ。その代わりどんなに流行らなくても商いは続けさせてやるから。さ、赤ん坊をこっちによこしな。おい銀次」

「へい」銀次は腰を上げると、ゲンさんからサヨを取り上げようとした。だがゲンさんはサヨに覆い被さるようにして離そうとしない。

「あっしも手荒な真似はしたくないんでさ。ゲンさん、さ、渡しな」銀次が強引に取り上げようとした時、ゲンさんはサヨを抱いたまたたきに下りて台所に向かって走り、包丁を持って戻って来た。殺してやる！　と、その血走った眼が叫んでいる。左手でサヨを抱え、右手に握り締めた包丁をメチャクチャに振り回した。その騒ぎに眼をさましたサヨが泣き出した。

「おめえ、わしに刃物を向けるたあ、いい度胸してるじゃあねえか」権吉が凄むと、ソウさんは驚いて立ち上がった。

「ゲンさん！　それはいけないよ。やめるんだ！」

ソウさんはゲンさんに向かって行き、手探りで包丁を取り上げようとした。揉み合いになり、そこに銀次が割って入り包丁を取り上げ投げ捨てた。そのどさくさに権吉がサヨを取り上げた。あっとなったゲンさんは必死にサヨを奪い返そうとしたが、後ろから銀次に羽交い締めにされ、足をばたつかせるだけで動けなくなってしまった。

「バカな真似をするんじゃあねえ！　こっちは赤ん坊の仕合わせを願ってやってんじゃあねえか。それが何でわからねえんだ！」怒鳴る権吉に、ソウさんが脱力した顔を向けた。

「親分さん、怒鳴ったところでゲンさんには通じませんよ。聴こえないのですから」

抗っていたゲンさんも力尽きたようにぐったりとなり、銀次が放すとたたきにうずくまり、子どものように泣き出した。サヨも和するように大声で泣いている。

「銀次、赤ん坊を町役のところに届けて来い」

「へい」銀次は権吉からサヨを受け取り、店を出て行った。

思わず追いかけようとするゲンさんの腕をつかんで権吉が引き止め、その頬を一発強かに打った。

「おめえたちが産み落とした赤ん坊でも何でもねえじゃあねえか。何でそんなに必死にならなきゃあいけねえんだよ！」

ゲンさんはソウさんの手を取ると、その掌に叩きつけるように描いて憤然とたたきに座り込んだ。ソウさんは権吉に顔を向けた。

「ゲンさんは、『おサヨを取り返す……首を刎ねられても必ず取り返す』と申しております」

権吉は気色ばんで黙った。ゲンさんは涙眼で権吉を睨みつけている。身体中の血がたぎり、怒りで埋め尽くされていた。これほどの怒りを感じたのは生まれて初めてのことであった。花火の音も止んで、灯心の燃える音だけが小さく聞こえている。

清三は無表情のまま煙管を煙草入れにしまった。

「これは町役がお決めなすったこと。町役が決めたことは御上が決めたも同然。御上にはしたがうよりほかありません。あなた方が泣こうがわめこうがどうにもならないんですよ。もとより眼も耳も口も役に立たぬとあっては、お役人が許すはずもないでしょう」

ソウさんは思わず拳を握って悔しさをあらわにした。

「ソウさんとやら。お前さん、もとは武家で、ゲンさんとやらは物乞いと聞いたが……眼が見えなくなって按摩になるのはわかるが、話もまともにできない、見ず知らずの物乞いの男と暮らすという、その心根がわかりませんな」

「ゲンさんは命の恩人でございます」

「いくら命の恩人だからといって物乞いの面倒をみることもありますまい」

「あなたのような何の難儀もないお方にはわからぬことでございましょう。まあ、わかって頂きたいとも思いませんが……私はゲンさんの面倒をみておるのではありません。ゲンさんといれば胸の内がいつでも晴れるような心持ちになるのでございますよ」ソウさんは静かに言った。

清三は何を言っているのかわからないといった怪訝な色を浮かべた。ゲンさんは深くうなだれ、また鼻を鳴らして泣き出した。権吉がそれを見てうんざりとした顔になる。

「清三さん、そろそろ行きましょうか」

「うん、そうするとしよう」と清三は懐から財布を取り出し、一分銀を二枚つまみ出して投げた。

「面倒をかけたね。悪く思わないでくださいよ」清三は権吉と一緒に出て行った。

ソウさんは上がり框に腰を下ろしてぼんやりとなった。店の中にはゲンさんが鼻を啜る音だけが聞こえていたが、それも止んで静かになった。冷えた味噌汁の匂いを嗅いでゲンさんの腹の虫を鳴かせた。とにかく飯を食おうと思って台所まで行き、いつものように余りものの味噌汁を木椀に注ぎ、握り飯をつくって皿に乗せた。ゲンさんはそれをソウさんの前に持って来て手に触れさせると自分の分を板座敷に持って上がり、貪るように食べはじめた。その音を聞いたソウさんも、気を取り直すように握り飯を頬張り味噌汁を啜った。

ゲンさんは食べるうちにまた涙があふれた。悲しいからではなく悔しさの余り流した涙だった。何でこんなめにあうのかと我が身を生まれて初めて恨み、憎んだ。やり切れない気持ちをぶつけるように味噌汁を一気に呷った時、身の内に力が漲る感覚をおぼえた。何としてでもサヨを取り返そう。自分の手でサヨを育て上げると誓った以上は、たとえ地獄に落ちようともそうしなくてはいけないと決心した。

寝る前にゲンさんはその意思を、ソウさんの掌に力強く描いて伝えた。ソウさんは「わかったよ」と笑顔で言うとゲンさんの掌に◯を描き、灯心の火を吹き消して横になった。

ゲンさんも横になったがなかなか寝つけない。気配を感じてソウさんのほうを見ると、背中の影が震えている。ソウさんは悲しみに沈んでいるのだと思った。ゲンさんはソウさんに背を向けた。一瞬サヨの甘い匂いがしたと感じたがすぐに消えてしまった。今日はいくら考えても仕方がない、すべては明日考えようと思い、味噌汁の残り香の中で眠りについた。

八

ソウさんは横になったままで昨夜の出来事を思い浮かべていた。だがそれはサヨが奪われた事実を確かめただけで、ソウさんの気持ちをいっそう暗いものにした。ゲンさんは命に替えてでもサヨを取り返そうとするだろう。

一番鶏が高らかに鳴いた。だんだんと店の中が白んでゆく。ゲンさんの鼾も寝息も聞こえなかった。興奮が冷めやまず、もう起きているのだろう。止めても無駄なら一緒に行動を起こすしかない。二人で小間物問屋の丸屋に乗り込み、力づくでも奪い返し、その足で江戸を離れて逃げようと考えた。

身を起こすとゲンさんも起きた。ソウさんはゲンさんにサヨを取り返しに行くことを掌に描き、身振り手振りで伝えた。ゲンさんは鼻息を荒くして、ソウさんの掌に大きく◯を描いた。

まだ薄暗い朝ぼらけの表にソウさんとゲンさんは出た。一本の杖を前後に持ってゲンさんを前にして歩き出した。同じ町内なら通りを行く者を呼び止めて訊けば丸屋の場所はわかるだろう。

だがその時、駆けて来る足音が聞こえ、行く手に三人の男たちが立ちはだかった。

「どちらに行かれるんで？」押し殺したように言ったのは銀次だった。いかにも喧嘩っ早そうな眼つきの鋭い若い子分を従えている。

「店の仕入れに行くだけですよ」咄嗟にソウさんは答えた。

「まだ夜も明けちゃあいねえ。どこの店も開いてやしませんぜ」

「今日はちょいと足を伸ばして神田あたりまで行こうと思いましてね」

「そうですかい。じゃあお二人だと道々難儀しなさるだろうから、あっしたちがお伴しやしょう」

「それにはおよびませんよ。私たちだけで――」

「下手な真似はおよしなせえ」銀次がソウさんに顔を近づけて凄んだ。

構わず行こうとするゲンさんの胸を子分たちが小突いて押し返した。

「手荒な真似はするんじゃあねえ」銀次が子分たちを止めた。「悪く思わねえでくだせえ。これもあっしらの仕事でさ。さ、家の中に戻ってくだせえ」

ソウさんは言い返すこともできず、なおも行こうとするゲンさんの袖を引っ張り店の中へと連れて入った。ゲンさんは地団駄を踏んで悔しがり、ソウさんに抗議するように掌に乱暴に×を描くと、憤然としてたたきに座り込んだ。ソウさんは上がり框に腰を下ろし、どうするか考えてはみたが、表を見張られていてはどうしようもなかった。

夜が明けて障子戸に朝陽が当たり、店の中が明るくなった。表ではしきりに雀が鳴いている。明け六つの鐘の音が聞こえると、ゲンさんの腹が大きく鳴った。それを聞いてソウさんは気が抜けたようになる。自分などは食欲もないというのにこの人はと呆れたが、そんな気持ちをよそにゲンさんは台所へと行って朝ご飯の仕度をはじめた。

その時戸が開いて、一人の大柄な人足風体の男が入って来た。黒い剛毛の生えた足を太腿まで丸出しにして裸に紺地の半纏をひっかけ、顔は苔のような無精髭で埋め尽くされ、首には手拭いを結んでいる。

「何でえ、今日はやってねえのかよ」人足は大きなだみ声を響かせた。

「相すみません。ちょっと仕込みが遅れていまして」

「俺あ毎日来てやってる上得意なんだぜ」

「さようでございましたか。それは大変申し訳ございません」言いながらソウさんは、毎朝開店と同時に入って来る客がいたことを思い出した。「味噌汁一つだ」「勘定だ」とぶっきらぼうに言うだみ声は、その男のものだった。

「俺あどこで朝飯食えっていうんだよ。あ？　今日はこれから普請場まで一里ばかし走らねえといけねえって言うのによ」

「他に開いた店があろうかと思いますが」

「バカ野郎！　俺あここの味噌汁が飲みてえんだよ！　腐った魚みてえな味噌汁じゃあなくて、安くてうめえ腹持ちのいい味噌汁がな！」四角い顔の中、太い眉とギョロリとした大きな眼を動かしながら人足は啖呵を切った。

言葉は乱暴だが心根は悪くない男だとソウさんは思った。声音に柔らかなものを感じる。そこへゲンさんが味噌汁と握り飯を運んで来た。

「なんでえあるじゃあねえかよ」

「あ、いえ、それは私たちの朝飯でして、味噌汁も飯も昨日の残りものでして」

「そんなこたあかまやしねえよ。さ、よこしてくんねえ」人足は板座敷に上がって座り込んだ。

ゲンさんはソウさんにうながされ、後ろ髪を引かれるように味噌汁と握り飯を人足の前に置いた。

「自慢じゃあねえがこちとらガキの時分から食うや食わずだ。残りものだろうがごちそうだ」人足は飢えた犬みたいに鼻先を木椀や茶碗に突っ込み、あっという間に平らげてしまった。

「ごちそうさん。冷えた味噌汁もうめえもんだ。夏場はこっちのほうがいいんじゃあねえか」と言ってたたきに下り、懐から銭をつかみ出してソウさんの手に握らせた。指先で銭を確かめると三十二文もある。

「お客さん、これは多いかと。お代は十二文でございますよ」

「いいんだ。仕込みもしてねえのに押しかけて悪かったな。ところで赤ん坊はどうしたい。あのかわいらしいのは。あの子を見るのも俺ぁ楽しみにしてんだぜ。おめえらいつも背負ってるだろ」

「それが、昨夜さらわれまして」

「さらわれた？」

ソウさんはこの人足に何となく親しみを感じてことのあらましを語った。人足は沁み沁みとなり、その眼に涙を滲ませほろりとなった。

「年寄り二人が赤ん坊を抱えてよ、何かわけがあるとは思っちゃあいたが……おめえたちもツイてねえよなあ。でもよ、相手が町役じゃあ分が悪いぜ。取り返すなんざあ考えねえ方がいい。てめえらがいくら正しいっつったってよ、世間様から見りゃあおめえたちが悪いんだ。その子の行く末を思えば大それたことはしねえほうがいいぜ」人足は口もとについた飯粒を口に入れながら言った。

「でも私たちにはあの子が必要なんですよ」

「御上には逆らえねえよ。あ、いけねえ、もう行かねえと」

「お客さん、名は何と申されます？」

「人に名を尋ねるときゃあてめえから名乗るもんだぜ」

「失礼しました。私は壮一郎で、もう一人はげんぞうと申します」

「そうか。俺は熊太だ。毛むくじゃらの熊太だ」熊太は笑って行きかけたが振り返って、

「サッサと味噌汁をつくりなよ。手足を動かしてよ、働いていりゃあ嫌なことも少しは忘れるぜ。この店のことは普請場の連中に教えといてやるからよ」と言って出て行った。

久しぶりに生きた言葉を聞いた気がして、胸の内が少し温かくなった。サヨのことは何とかしたかったが、強引に奪い返すより他に手立てがないか頭を冷やして考えてみようとソウさんは思った。

遠く、鐘が鳴った。とにかく商いをしようと思った。ソウさんはゲンさんの掌に「味噌汁をつくろう」と描き、ゲンさんは「おサヨはどうするんだ」と返した。その鼻息と手つきで一向に怒りが治まらない気持ちが手に取るようにわかる。どう説得しても無駄だろうとソウさんは思い、台所に行って味噌汁の大鍋と飯を炊く釜を洗った。右手はまだ満足に使えなかった。きれいに洗えているかどうか指先で確かめながら、暇をかけて洗った。

竃《かまど》に火を熾し釜に米と水を入れて仕掛けたが、飯は炊けてもゲンさんのように美味い味噌汁は

つくれない。味噌汁に入れる具材も仕入れていなかった。どうしたものかと思案していると、表のほうから「なっと、なっとー」と納豆売りの声が聞こえてきた。今日は納豆汁にしようと決めて、納豆を十ばかり買って店にもどった。すると台所のほうから物音がするのを聞いて、ゲンさんがつくる気になったのだと安堵した。

ゲンさんは大鍋を仕掛け、だし雑魚を入れて油で炒めはじめた。ソウさんは香ばしいその匂いが好きだった。そしてこれでいい、ゲンさんも少しは気がまぎれると思い、納豆を大皿に全部入れて箸でかき回した。

その日はいつになく客足が途絶えなかった。幾人かの客が必ずいて、ソウさんもゲンさんも手を止めて休む暇もなかった。熊太の言う通り、忙しく立ち働いているうちはサヨのことを忘れたが、ふと手を止めた拍子に思い出した。突然いなくなったのだからそれも当然であった。私ですらこうだからゲンさんもさぞつらかろうと思いを馳せた。

夕方になるとさらに客が増えて表にまであふれた。その顔ぶれのほとんどは人足ばかりで二人前三人前を平らげて帰って行ったが、彼らの振る舞いには驚かされた。忙しさで手が回らなくなると自分たちで味噌汁や握り飯を運び、食べ終わると皿や木椀を洗ってくれた。もっと親切な人足は他の客の分まで運び、代金のやりとりまでしてソウさんに渡してくれた。

毛むくじゃらの熊太が思い浮かんだ。人足の一人にそれとなく訊くと、

「確かに親方に言われてやってるんだが、それをあんたらに言ったらぶん殴るってさ」と小声で教えてくれた。

「熊太さんは親方でございましたか」

「そうさ。この本所界隈じゃあちったあ名の知れたお人よ」

「ヤクザの親分じゃあないんですよね」

「バカ野郎！　堅気だよ！」

「はあ、申し訳ございません」

世の中には奇特なお人がまだまだいるものだ、捨てたものではないなと、ソウさんは感じ入った。何の得にもならないのに、ここまでしてくれる人がいることに胸をうたれた。そういえば「ガキの時分から食うや食わずだ」と言っていたが、いろいろとつらいことがあって我が身と重なるところもあるのだろう。苦労というものは、人の痛みがわかると思えばあながち悪いことでもないなとソウさんは思った。

日中は忙しさで少しは気がまぎれたが、店を閉めて夜になるとサヨのいない寂しさが募った。この界隈は大道芸人や木戸番の口上、鳴りものや人のざわめき、足音でたいそう賑わうが、夜はひっそりとして、犬の遠吠えや鐘の音、虫の声くらいしか聞こえない。その静けさもやり切れないが、夕飯時に聞く花火の音はもっとやり切れなかった。花火を見て興奮の声をあげたサヨを思い出す。

取り返したくてもその術はまだ思いつかない。かと言ってこのままサヨを忘れるなど到底できそうにない。これまでどうにもならないことが多かったが、今この時ほど、どうにもならないことがつらく苦しいかと思い知らされる。

夜中に眼をさますとゲンさんが啜り泣いていた。それを聞くのはたまらなくつらかった。慰める言葉も見つけられず、情けないばかりだった。

犬の遠吠えが聞こえる。それが終わると深閑となった。ゲンさんの啜り泣きもいつの間にか止んだ。夢でもいいからサヨが出て来ないかと思った。「眼も見えねえのに夢なんて見るのかい」と揉み療治をしている時にからかい半分に客から訊かれたが、「せめて夢くらい見させて下さいよ」と返したのを憶えている。

よく見るのは道場で稽古をつけている夢だった。門弟たちが次々に打ち込んで来て、手に負えなくなり逃げ惑うといった滑稽な夢であった。もちろんそんなことはあり得なかった。当時は師範とでさえ立ち合ったなら勝つ自信があって、門弟など片手でも勝てるほどだった。だが、そんなくだらない夢を見るくせに妻子の夢は見なかった。やはり私は薄情な人間なのだと思った。だからせめて、サヨだけは何とかして我が手で仕合わせにしてやりたいと思うのだが、それも所詮は我欲を満たすためではないかと問われれば頷くよりほかない。

突然蝉の声が響く。店の傍の松の木にとまっている蝉だろうと思ったが、こんな夜更けに鳴く様に思いを馳せた。死ぬ間際なのだろうと何の根拠もないことを考えながらソウさんはようやく眠りについた。

九

サヨを奪われた悔しさ、惨めさ、苦しさは、濃くなることはあっても薄くなることはなかった。それはソウさんも同じはずだとゲンさんは考えたが、半月経っても何の手立ても講じないので、苛立ちをおぼえはじめていた。

今朝も開店の時分よりずっと早く、ゲンさんは店の表に出た。霧が立ちこめる通り向こうから、権吉の子分が二人、茹で卵をかじりながら見張っている。二日三日に一度、具材を仕入れに出かけるが、その時も子分の一人がべったりと後ろについて来るので何もできない。「チキショウめ」と思って、ゲンさんはまた店の中に戻るしかなかった。

開店の準備を終えたソウさんが、所在なさげに上がり框にぼんやりと座っていた。右腕の繃帯は取れていたが、疼くのかしきりに左手で擦っている。そんなソウさんを見るにつけ、「サヨのことはどうするんだ」と思ってゲンさんは腹が立った。話せれば言葉をぶつけることもできるのに自分の身を呪った。

そろそろ暖簾を掛けようかという時、銀次が店に入って来た。

「おはようございます」銀次は決まり悪そうな笑みを浮かべた。「近頃はずいぶん流行っているそうじゃあねえですか。この界隈じゃあ評判ですよ」

ゲンさんは銀次を睨みつけた。ソウさんも立ち上がって恐い顔を向ける。

「そんな睨まないで下せえ。今日はちょいと近くに用がありましてね。評判の味噌汁を食わせてもらおうと思って来たんですよ」銀次は言いながら板座敷に上がってあぐらをかいた。

「そうですか。では少しお待ちを」ソウさんはぶっきらぼうに言って、台所へと向かった。

ゲンさんはまだものすごい形相で銀次を睨み続けている。銀次は困った顔で懐から手拭いを出し、首筋を流れる汗を拭った。ソウさんが湯気立つ味噌汁と握り飯を運んで来て、銀次の傍らに置いた。

「来た来た。たまらない匂いだね。いただきます」銀次は味噌汁を美味そうに啜り、握り飯を頬張った。

ゲンさんは銀次にサヨのことを訊きたくてうずうずしてきた。ソウさんを見ればやはり何か言いた気に銀次に顔を向けている。

銀次は一気に食べ終え、手をしっかりと合わせた。

「ごちそうさん。あー、うまかった」

「銀次さん、おサヨは無事でおりますでしょうか」ソウさんが堪り兼ねたように訊いた。

「そのことなんですがね。先の丸屋ではちょいと困ったことになってるみたいで」銀次の顔から笑みが消えた。

「困ったことと申されますと？」

「このところずっと熱を出して、どうもいけねえようなんでさ」

「えっ、おサヨが熱を」

「医者にも原因がわからねえって話でしてね。乳や薬を飲ませてもすぐに吐いちまうそうで」

「じゃあ寝込んだままなんですか」

銀次は険しい顔で頷いた。

「このままだともう三日持つかどうかだとか」

ソウさんは顔面蒼白となり、震えて立っていられないように上がり框に座り込んだ。それを見たゲンさんは胸騒ぎをおぼえ「何があったのか」とソウさんの袖を引いた。ソウさんは青ざめたまま、サヨが重い病になったと掌に描いて伝えた。ゲンさんは総毛立った。

「親分は、飯を食いに行ってもいいが、ゲンさんとソウさんにはこのことは言っちゃあならねえぞって」銀次は苦し気に言うと、懐から一朱の銭を出してソウさんの手を取り握らせて、「丸屋は一丁目にあって、主は善助と言うんだそうで。いいですかい。くれぐれも死に水を取ってやろうなんて思わねえでくだせえよ」と、ソウさんの手を一度強く握り締めてから下駄を履いて出て行った。

その半刻後には、二人は店の表に出ていた。ゲンさんを前にして互いに杖を持ち、ソウさんがゲンさんの肩を叩くと二人は歩き出した。気が急いて小走りになった。ゲンさんの腰には味噌汁の上澄みの汁を入れた竹の水筒が揺れている。真夏の太陽が頭のてっぺんから容赦なく照りつけ、顔や身体から汗が吹き出した。

屋上町一丁目にはいつも仕入れている味噌問屋があった。そこで丸屋の場所を尋ね、さほど労することなく行き着くことができた。丸屋では使用人らが忙しそうに接客をして立ち働いている。櫛や簪《かんざし》、紅白粉、塗りの器といった色とりどりの小間物が並べられ、客たちはそれを手に取るなどして選んでいた。ゲンさんとソウさんが店に入ると、手代の若い男が愛想笑いを浮かべて近づいて来た。

「いらっしゃいませ。何かお探しでしょうか」

手代に構わずゲンさんとソウさんは勝手に上がり込み、店の奥へと入って行った。手代が驚いて止めようとするが、二人は廊下を進んで行きつつ襖を開けてサヨを探した。そして店の主人と御新造、サヨのいる座敷を見つけたのだった。

蒲団の中で赤ら顔で寝ているサヨを見るなりゲンさんは飛びつくように枕もとへと行き、主人と御新造を押し退けた。

「この人たちは誰だい」主人が驚いて手代に訊いた。

「それが店に入るなり、断りもなくこの通り」

「どちら様ですか」御新造が眼を吊り上げて言った。

ゲンさんはサヨの顔を愛おしそうに何度も撫ぜている。

「突然押しかけまして申し訳ございません。実は私どもは、この赤ん坊を拾ってしばらくの間、育てておった者でございます」ソウさんが座って言う。

「その話は町役よりうかがいましたが、あなた方はおサヨを拾ったというだけで縁も所縁もないのでしょう。このような真似をされては困りますよ」主人はうさん臭そうにゲンさんとソウさんを見た。

「重い病と聞きましたもので、せめてひと目だけでもと思いまして」

「ならもうひと目見たでしょう、お引き取りを」主人はため息を吐いた。「病弱だとわかっていれば、もらうこともなかったのに」

その言葉にソウさんが顔色を変えたその時――

「何をしておられます！」御新造が声をあげた。

ゲンさんが水筒の上澄みの汁を指につけ、おサヨに飲ませようとしている。手代が飛びかかり揉み合いになった。

「誰か来ておくれ！　早く！」主人が呼ぶと男の使用人たちが五、六人駆けつけて来た。

「その男を取り押さえてくれ」

使用人らは暴れるゲンさんをつかまえて畳に押さえつけ、身動きがとれないようにした。

「これ以上面倒を起こすならお役人を呼びますよ」主人はソウさんに言った。

「それは味噌汁の上澄みです。この子が好いておりましたもので、乳も薬も受けつけないと聞いたものですから」

「赤ん坊に味噌汁などとんでもない。だいたい乳すら飲まないのに味噌汁など飲むわけがない」

「夜泣きした時にやると、泣き止んでおったのでございますよ。死ぬのを待つだけなら、一度お試しになってもいいのではありませんか」ソウさんの懸命の訴えに、一同は静まり返った。

「わかりました。やっておくれ」御新造があきらめたように言うと、使用人らはゲンさんを押さえつけていた手を放した。

ゲンさんは小指に少しだけ上澄みの汁をつけると、サヨの口もとへと近づけた。するとサヨはわずかに口を開き、それを二度三度と舐めたのだった。ゲンさんは笑顔を浮かべ、もう一度小指に汁をつけてサヨに与えた。主人や御新造たちは信じられない面持ちでその様子を眺めている。

「どうです。おサヨは飲みましたでしょう?」ソウさんが言うと、「だからと言って、これで病が治るとは決まったわけではない」負け惜しみように主人は言った。

ゲンさんが主人と御新造の前に両手をついて深々と頭を下げた。上澄みの汁をやる以外できることといえばそれしかなかった。ソウさんも同じく、両手をついて頭を下げた。

「おサヨは私たちにとって生きがいそのものでございます。おサヨなくして生きてゆけるものではございません。どうかお返し願えないでしょうか」

主人は御新造を見た。御新造は首を横に振った。

「年寄り二人してそのようななりで赤ん坊を育てるなんて無理に決まってる。おサヨがかわいそうだ。どうぞお引き取り下さい」

「そこをどうかひとつ――」

「しつこいね。お役人を呼ぶよ!」

聞き入れられないと察したゲンさんは素早くサヨを抱き上げた。

「何をする!」

使用人たちはゲンさんにまたつかみかかり、引き剥がすようにサヨを奪い返した。そしてソウさんと一緒に店から叩き出された。それ以上手荒な真似はされなかったが、店の前には使用人の男たちが並んで入れないように見張った。ゲンさんはそれでも向かって行こうとしたが、ソウさんが袖をつかんで引き止めた。老いぼれが二人、どう抗っても店の男たちに勝てるはずもなく、役人を呼ばれればそれで終わりだとゲンさんに伝えた。ゲンさんは地団駄を踏んで悔しがった。

眩い陽射しの中で、客たちがひっきりなしに出入りをしている。大店というほどではないが、立派な店だった。自分たちの貧相な味噌汁屋とは比較にもならなかった。繁盛する店を眺めるうち、ゲンさんの中で急に気が萎えてゆく――この店の娘になれば美味いものを食べさせてもらい、きれいな着物を着せてもらい、おいらやソウさんみたいに蔑んだ眼で見られることもねえはずだな。

ゲンさんは滴る顔の汗を袖で拭った。乾き切った地面には二人の影がくっきりと映っている。音もなく行き交う周りの人たちの中で、自分たちの時だけが止まっているように感じた。ソウさんを見れば首を少し傾げ、ぼんやりとしている。

店から小僧が出て来て二人の足もとに杖を投げ捨てた。ゲンさんは腰に提げた水筒を小僧に持たせて帰した。せめてもの親心だった。

ゲンさんは転がった杖を拾い、ソウさんに握らせると歩き出した。味噌汁屋まで帰る道々のことはよく憶えていなかった。希望を失った老体を容赦なく太陽が照りつけ、ソウさんを引っ張る杖がやたらと重く感じる。頭がぼーっとしていつ倒れてもおかしくない気がした。

味噌汁屋に帰って来た時、男が脇の松の木の根に座り込んでいた。ボロを着て髪を伸ばし放題にした物乞いであった。痩せこけて頬骨やあばら骨が浮き、生気のない眼を宙に泳がせている。ゲンさんとソウさんが物乞いの前を過ぎて店に入ろうとした時、「もし――」と声をかけてきた。

「は、何でございましょう」ソウさんが物乞いのほうに顔を向けた。

「水を一杯いただけないでしょうか」

ソウさんが答えるより前にゲンさんは店の中に入り、台所に行くと冷えた木椀に飯をよそい味噌汁をかけた。そしてそれを持って表に出て、物乞いに差し出した。物乞いはゲンさんを驚き見た。ゲンさんは木椀と箸を物乞いに押しつけるようにする。物乞いは受け取り、木椀に口をつけて夢中でかき込んだ。ソウさんはその音に耳を傾け微笑んだ。

木椀を舐めるようにして食べ終えた物乞いはゲンさんに木椀を返し、両手をつき額を地面に擦りつけて礼を言った。泣いているので言葉にならなかった。ゲンさんは無表情のまま店の中に入り、ソウさんも後に続いた。ゲンさんは空の木椀を手にしたまま、ぼんやりとなって上がり框に座った。

「いいことをしたね」ソウさんはうれしそうに言った。「さて、店を開けるとするかね。火を熾してくるよ」ソウさんは台所へと向かって行った。

ゲンさんは我に返って店内をじっくりと見回した。自分がこうして店を持って真っ当に働いて銭を稼いで、物乞いに施しをするなど夢のような話だと思った。

欲張っちゃあいけねえ。こうして商いができて、毎日三度の飯が食えるだけでもありがてえことなんだ。その上おサヨまで授かるなんて、そんなうめえ話があるわけねえ。うまくいかねえのが当たり前だったんだ。それを思えば今は極楽だ。ぜいたく言っちゃあいけねえや。そう思うとゲンさんは板座敷に置いた暖簾を取り、表へと出て行った。


その翌日の夕方、最後の客を送り出すとゲンさんとソウさんはいつものように店を仕舞いはじめた。人足や職人たちで朝から夕方まで店は賑わい、ゲンさんは味噌汁をつくり続けた。ソウさんは握り飯を握り、味噌汁とともに客に提供し、時に世間話に花を咲かせた。その様子を時おり台所から覗き見ながら、こうやってサヨのことが薄れてゆくのも悪くないかもしれないとゲンさんは思った。だがあがりを勘定して残りもので夕飯をすませ、食後の白湯を啜っていると、サヨは無事だろうかとゲンさんはつい考えてしまう。

「やっぱりゲンさんもおサヨが気になるかい」ソウさんはゲンさんの掌に描いた。

ゲンさんは力なく〇を描いた。

「しょうがないよ。私たちがどう心配しようがどうにもできないもの」ソウさんは独り言のように言って、ゲンさんには伝えなかった。「さて、もう寝るとするかね」と、食器を片づけようとした時、戸が叩き鳴らされた。

「わしだ。入るぜ」権吉が入って来た。「ずいぶん流行ってるらしいじゃあねえか。わしの眼に狂いはなかったってことだよな」

ゲンさんもソウさんも、サヨを奪われたあの夜のことは忘れられなかった。恩があるとはいえ、権吉を見るとサヨを奪われたつらさが甦るだけであった。権吉はその雰囲気を察してか、気まずそうに上がり框に腰を下ろした。

「昨日私たちが丸屋に乗り込んだことで小言でも言いにいらしたんですか」ソウさんが嫌味を言った。

「おサヨのことにはちげえねえが小言じゃあねえ」

「じゃあ何だって言うんです」

「おめえら、おサヨに味噌汁を飲ましたんだってな」

「上澄みですよ」

「ふーん、ところがよ。あれからそれも飲まなくなってな。いやつまりはよ、おめえたちでなけりゃあ飲まねえってことよ」

「それでは、おサヨは」顔色を変えたソウさんの様子に、ゲンさんはただならない気配を感じて袖を引っ張った。ソウさんはおサヨが味噌汁を飲まなくなったことを伝えた。ゲンさんは青くなり、出て行こうとするのを権吉は襟首をつかんで止めた。

「慌てるんじゃあねえ。こっちから行くこたあねえや」権吉は笑顔で言い、表に向かって、「おい、入って来な」と呼んだ。

銀次が入って来た。面映ゆいような顔でサヨを抱いている。ゲンさんはサヨを奪い取って抱き締め、二度三度と頬ずりをした。

「親分さん、これはいったい」

「しょうがねえや。あの家に置いてたって死ぬのを待つだけだからな。丸屋はおめえたちにおサヨを返すってよ」

「それは本当でございますか」

「だから連れて来てやったんじゃあねえかよ。かわいがるのは後でもできらあ。サッサと味噌汁をやりなよ。乳を飲ませる女も呼んであるからもうすぐ来るはずだ」

「親分さん、ありがとうございます」

「生みの親より育ての親と言うが。えれえもんだよな。ま、わしも手荒い真似をしたが、これで落ち着くところに落ち着いたってことだ。悪く思うなよ。町役には話をつけておくからよ。じゃ、頼んだぜ」権吉は銀次と連れ立って出て行った。

ゲンさんはサヨを抱いて台所に行き、上澄みを指につけて舐めさせた。舐めるほどに元気になってゆくといったようにサヨはその小さな手足を活発に動かした。うれしさのあまりゲンさんは涙ぐんだ。ソウさんもその傍に行ってサヨの息遣いに耳を傾けて微笑んでいる。

ほどなくして赤ん坊を背負った若い女が訪ねて来て、サヨに乳を含ませた。病というのが嘘のようにサヨは乳房を圧し、懸命に乳を吸っていた。その様にゲンさんはまた涙ぐんだ。そしてやっぱりおサヨはおいらたちでなければダメなんだと、愛おしさが前にも増して募っていくのを感じ、神様仏様はいるのだと思ってゲンさんは心から感謝をしたのだった。

十

ならず者たちに折られた右腕が疼いている。あれから七年が経って、もう七十の齢になるというのに未だにそんな状態であり、上がり框に腰掛けたソウさんは憂鬱な気持ちになっていた。一日中立ち仕事をするには齢をとりすぎた気がする。表の暖簾を外してゲンさんが店の中に入って来る足音を聞く。私に比べてゲンさんはまだまだ元気だなと思った。それはやはりサヨという娘がいるからこそだとわかっていた。

寝返りをうった、這い這いをした、立った、歩いたと、その度にゲンさんは小躍りして喜び、ソウさんに息を弾ませて伝えた。ソウさんもサヨが言葉を発した時にはゲンさんに伝えて喜び合った。よく食べる娘で、赤ん坊の頃に死にかけたのが嘘のように日に日に大きくなっていった。常連の人足や職人たちからもかわいがられたが、勝手に抱っこしようものなら、ゲンさんが台所から飛んで来て鬼の形相で奪い返した。

そのサヨは今年で七歳になった。「ソウジイ」「ゲンジイ」と、二人のことを呼んだ。よく喋る明るい娘で、味噌汁を運び、代金のやりとりをするなど、店の仕事もよく手伝ってくれた。ソウさんにしてみれば成長していく顔が見られないのは残念ではあったが、元気な足音や弾む息遣い、愛らしい声を聞くだけで満足だった。

ソウさんの肩を軽くゲンさんが叩いた。ソウさんは軽く手を上げ、ゲンさんは店を出て行く。店を閉めた後は、近所の子どもたちと遊んでいるはずのサヨをゲンさんが迎えに行き、連れて帰って来るのが日課となっていた。本当はずっと店の中にいて欲しいのが本音だったが、遊び盛りの子が狭い店の中で一日中いられるはずもなかった。半日ほど店の手伝いをした後は、近所で遊ぶのならという条件で許してやっていた。

ほどなくゲンさんに連れられてサヨが帰って来たが、ソウさんはあれ？　と思った。いつもならソウさんにまつわりついて、あれこれと近所の子どもたちと遊んだことをうれしそうに話してくれるのだが、今日は黙って板座敷に上がり、膝を抱えて座り込んだ。

「おサヨ、どうしたんだい。よその子とケンカでもしたのかい」

ソウさんが訊いてもサヨは答えず、浮かない顔で黒光りする床板に眼を落としている。ゲンさんに問うても、わからないと掌に×を返してきた。それだけでなく、いつもなら美味しそうに頬張る夕飯も、その日は少ししか食べない。ゲンさんは身体の具合でも悪いのかとしきりに訊いたが、サヨは「何でもない」と言って返すだけだった。ソウさんとゲンさんのやりとりを幼い頃から見て育ったサヨは、この頃になると身振り手振りを交え、言いたいことを二人に伝えられるようになっていた。しかも二人を相手に話をする時は声も出して、同時にソウさんにも伝えた。またソウさんから字も教わり、仮名文字ならちゃんと書けるようにもなっていた。

サヨはろくに食べないまま箸を置いてしまった。ただならない気配を察したソウさんが、「お前、今日何かあったね」と言うと、サヨは突然突っ伏して泣き出した。

ゲンさんは驚いて箸を投げ出し、サヨを抱きかかえるようにしてわけを尋ねたが、サヨは首を振って泣くばかりで何も答えなかった。泣き止むまで待ってから訊こうとソウさんはゲンさんに伝えた。こんなことは初めてでソウさんも動揺したが、子が親に隠し事をしてはならないと思った。

サヨは泣き止むとしゃくり上げ出した。

「おサヨ、何があったんだい。ジイたちに話しておくれでないかい」ソウさんはできるだけ優しく言った。

サヨは涙で濡れた大きな丸い眼でソウさんの顔を見つめた。そして訥々と話しながら、ゲンさんにも身振り手振りで伝えた。

「今日、おミッちゃんと遊んでたら男の子が二人来て、『お前、味噌汁屋の娘だな』って訊くから、『そうだよ』って言ったら、『眼の見えねえジジイと耳が聴こえねえ口もきけねえジジイの、どっちから産まれてきたんだ』って笑われて……」そこまで話をしてまた泣き出しそうになったが、サヨは俯いて必死にこらえていた。

ソウさんは言葉を失った。ゲンさんもサヨが念を押すように繰り返し伝えて理解し、茫然となってしまった。サヨの生まれについては訊かれもしなかったので話さず、もう少し大きくなれば教えてやろうと考えていた。三人は石のように固まって動かなくなった。秋の終わりの時分で、風が戸を叩くと冷えた隙間風が店の中を舞い、ソウさんの肌をなぶった。

「ねえ」サヨが顔を上げた。「私のお父つぁんとおっ母さんはどこにいるの?」

ソウさんは頭を殴られた気がした。サヨはゲンさんにも伝えた。ゲンさんも茫然となった。ここで怯んでいては育ての親として失格だとソウさんは思い、本当のことを話そうとしたが、それより前にゲンさんがサヨの手を取って描きはじめた。サヨの習慣で、声に出してソウさんにも伝えてくれる。

「『おサヨは赤ん坊の頃、銭がなくて育てられない夫婦からあずかった。いつか必ず迎えに行くからその時まで頼むと言われた』――じゃあ私にも、本当のお父つぁんやおっ母さんはいるの？」サヨが返すと、ゲンさんは笑顔で何度も頷いた。

どうしてそんな嘘をつくのかとソウさんは腹が立ち、本当のことを言おうとしたが、「いるんだね！」という弾んだサヨの声を聞いて何も言えなくなってしまった。

サヨはうれしそうに箸を取って勢いよく食べ出した。それを眺めながらゲンさんも笑顔で食べている。ソウさんには複雑な思いしか残らなかった。

サヨが寝入った後でソウさんは、「嘘はいけない」と厳しい顔でゲンさんの掌に描いた。ゲンさんは困った顔になり「おサヨがかわいそうだから」と返したが、ソウさんは「それはおサヨのためにならない」と伝えた。するとゲンさんは「親のいないつらさは自分が一番よく知っている。だからおサヨにはそういう思いをさせたくない」と必死の指遣いでさらに返してくる。ソウさんはサヨばかりかゲンさんの心痛を感じて怒りが冷めてしまった。

「もういい、わかったよ。この話はもう終わりにしよう」力なくソウさんが描くと、ゲンさんは安堵したように眠り込んだ。

ソウさんは頭が冴えて眠れそうにない。子どもを育てるという現実、それが今になって重くのしかかってくる。

犬や猫の子を育てるといったわけにはいかないんだ。ましてや私やゲンさんみたいにふつうの身の上ではない、いつ死んでもおかしくない年寄りともなればなおさらだ。ただかわいいからと世話をするのはおサヨの行く末を考えれば、間違ったことをしているのではないだろうか。

だが今さらおサヨを手放すことなど考えられなかった。ゲンさんも手放すなど一顧だにしないだろう。ソウさんはため息を吐いて寝返りをうった。


その翌日、サヨは外に遊びに行こうとしなかった。昨日のつらい思いがまだ残っているのだろうと、ソウさんは声もかけないでそのままにしておいた。ゲンさんも気持ちを察してか、味噌汁をつくりながら店を手伝うサヨの姿を心配そうに時おりうかがうだけだった。

客足が落ち着いた遅い午後、サヨといつも遊んでいるおミツが鞠を手に店の中に入って来た。近くの裏店に住む娘で、父親は蕎麦屋台を引いているとサヨから聞いていた。サヨと同じ齢だが背が低く、色黒の見るからに活発そうな娘だった。

「おサヨちゃん、遊ぼ」おミツが誘ってもサヨは上がり框に座ったまま俯いて答えない。

「おサヨ、今日は遊びに行かないのかい」

「行かない」

「どうして。またいじめられるからかい？」

サヨは答えない。その傍からゲンさんが「行きたくないのならここにいてもいいだろう」とソウさんに伝えた。

「難儀から逃げまわってばかりでは、おサヨのためにならないよ」とソウさんは伝えたが、ゲンさんは引かなかった。

「サヨはまだ七歳なんだから、大人のようなことを言ってもわからない」とゲンさんは訴えた。

サヨは二人の顔色を上目遣いにうかがっている。ソウさんはサヨの親として、ちゃんとけじめをつけなければいけない、いじめた子を戒めて二度と傷つくことを言わせないようにしようと思い立った。

「二人いたんだね、昨日いじめた男の子は」

「うん」

「では私がその子たちのところに行って、いじめないように言ってやろう」

「どこの子だかわからないよ」

「あたし、知ってるよ」とおミツが言った。

「どこの子だい」

「見世物小屋の兄弟」

「そうかい。じゃあ私をその見世物小屋に連れて行ってくれるかい」

「いいよ」

「おサヨはどうする？　ここにいるかい」

「……一緒に行く」

「よし、行こう」

ソウさんがサヨとおミツに手を引かれて出て行こうとすると、ゲンさんもついて来ようとする。ちょうど客が入って来たので、ソウさんは「すぐ戻るから店を頼む」と店を出た。

おミツに連れて行かれた先はあの〝やれ突け〟の見世物小屋裏だった。木戸番の口上を聞いて、ソウさんは少なからず動揺してしまった。一つにはサヨを連れてこんなところに来てしまったことであり、もう一つは思いがけずおケイを思い出したからであった。

「こらこら、ここはガキを連れて来るとこじゃあねえぞ」声をかけてきたのは、以前ソウさんがおケイの家を尋ねた眼の玉であった。

眼の玉は七輪の傍に座り、干物を炙って齧りながら茶碗の酒を飲んでいた。

「おじさん、ここにいじめた兄弟のお父つぁんがいるよ」おミツがソウさんに言う。

「そうかい。あの、失礼ですが、そちら様はこの小屋の方でございましょうか？」

眼の玉は上目遣いにソウさんを見た。

「だったらどうしたってんだよ。おや、あんたどこかで見た顔だな」

「はあ、そのお声は確か……前におケイさんの家を尋ねたお方」ソウさんは記憶をたどって言った。

「あのアマあれから間夫と欠落ちしやがってよ。こちとらひでえめにあったぜ。で、今日は何の用だい」

「私はこの外れで味噌汁屋を営んでおるのですが」

「おう知ってるぜ。あそこの親爺か。流行ってるらしいな。権吉親分もほめてたぜ、眼の見えねえのと耳の聴こえねえのがよくやってるってよ」

「ありがとうございます。実はそちら様の息子さんたちがうちの娘をいじめておりまして、それを諫めて頂けないかと思いまして」

「うちのガキがいじめてるって？　そいつあいけねえ、すまねえな。もう二度とさせねえから安心しな。こんなこと権吉親分に知れたら袋叩きだ」眼の玉は笑った。「それによ、娘っていうのはあれだろ、小杉神社で捨てられてたっていう。身内でもねえのにそのなりで引き取って育てるなんざあてえしたもんだ」

「あ、いえそれは」ソウさんは青ざめた。

それを聞いたおサヨは顔色を変え、駆け去って行った。

「おサヨちゃん！　どこ行くの！」

その声にソウさんはあっとなった。

「おミッちゃん、おサヨをつかまえてきておくれ。ここで待ってるから」

「わかった！」おミツは後を追って駆けて行った。

「どうしたんだい。おめえも一杯やるかい」眼の玉は貧乏徳利を翳して言った。

「いえ、結構でございます」

ソウさんは茫然となったままおミツが戻るのを待った。突然事実を知らされたおサヨの心中を思うと、いても立ってもいられない気分だったが、どうすればよいのかわからず途方に暮れるしかなかった。

半刻ほどしておミツが落胆した様子で帰って来た。

「見つからなかった」

「そうかい。いいんだよ気にしないで。店に連れて行ってくれるかい。もしかしたらおサヨはもう店に帰ってるかもしれないからね」と声を明るくして言ったが、大変なことになったと血の気が引いていた。

ソウさんはおミツに手を引かれて店に戻ったが、サヨは帰ってはいなかった。「サヨはどうした」と訊くゲンさんに、ソウさんは正直にすべてを打ち明けた。ゲンさんは声にならない声をあげて「何をしていたんだ！」とソウさんに怒りをぶちまけた。その剣幕に飯を食べていた常連客の人足たちが驚いて寄って来る。そして事情を知ると手分けして探してやろうと、ゲンさんと一緒に店を飛び出して行った。

夜が近かった。とても静かだった。夕方の薄暗い中でソウさんはぼんやりと、亡霊のように上がり框に座っている。ゲンさんはまだ帰って来ていなかった。できれば自分もサヨを探しに行きたかったが、かえって足手まといになるだけだろうと待っているよりほかなかった。

やはり本当のことを教えてはいけなかったのだと悔いた。サヨはまだ七年しか生きていない小さな子どもだった。まだまだ親が恋しい年頃にちがいない。

「かわいそうなことをしたものだ」ソウさんはため息を吐いてひとりごちた。

サヨがこのまま帰って来なかったらどうしようと、募る焦りに耐え切れなくなり店の中を行ったり来たりした。

「ソウさん、いるかい」声がして入って来たのが権吉だった。

「あ、親分さん、実はおサヨが――」

「聞いたよ。だから来たんだ。ずいぶん暗いな。こんなとこで待ってるんじゃあ気が滅入るばかりじゃあねえか」権吉は灯台を引き寄せて火をつけた。

その声音の暗さにソウさんは不吉なものを感じた。権吉は上がり框に座ったが、ためらうように口を開こうとしない。

「親分さん、おサヨのことで何か……」

「いや何、うちの若い衆にも探させていたんだが、小杉神社で小さな下駄が見つかったそうでな」

ソウさんは突然水を浴びせられたみたいに身を強張らせた。

「それは、紅い鼻緒だったでしょうか」

「うん。片方は鼻緒が切れていたそうだ」

「だったら捨てていったんでしょう」

「だといいんだが、見つかったのが井戸端でな」

「井戸端……」

「ゲンさんがそれを知ってな、井戸の中に飛び込もうとしてえらい騒ぎだ」

「で、おサヨは――」

「なにぶん深井戸だからな。これから段取りして中をあらためるそうだよ」

「では私もそこに」

「いや、行かねえほうがいい。暴れるゲンさんを押さえておくだけで手一杯だ。悪いがここにいてくれ。ま、覚悟だけはしておけっていう話よ」権吉は立ち上がった。

「親分さん、おサヨのもしものことがあれば、私もゲンさんも生きてはおれません」

「わかってるよ。わかってる……俺あおめえたちの傍でずっと見てきたんだからよ」権吉の眼が涙で膨らんだ。「でもな、世の中にはてめえの力ではどうにもできねえことが山ほどあるってことだ。それを心しておけって」

権吉の湿った声を聞いて、ソウさんは腰が抜けたように上がり框に座り込んだ。権吉はソウさんの肩を強くつかみ、「何があっても気を確かにな」と言って出て行った。

遠く、鐘の音を聞いた。いっそう眼の前が暗くなった気がする。きっとゲンさんは半狂乱になっているだろう。その画が思い浮かび、とてもではないがいたたまれない。サヨにもしものことがあれば私のせいだと思った。そうなればゲンさんも後を追って井戸に飛び込むにちがいない。やはり神社に行ってみようとソウさんは立ち上がった。ゲンさんにそんなことをさせてはいけないと思い、戸を開けて表に出た。歩き出そうとしたその時、小さな息遣いを聞いて傍に誰かがいると感じた。

「誰だい」

暗い西日を背にした小さな影がそこに立っていた。

「おサヨだね」ソウさんは思わず大きな声をあげた。

「うん」サヨの小さな声がした。

ソウさんはサヨの身体を必死に手で探り、その肩に触れた。何とも言えない気持ち――喜びと切なさとがないまぜになった――が押し寄せてきたが、ソウさんは何とかこらえた。

「寒いから中にお入り。お前、裸足なんだろう」

サヨの手をつかんだ。氷のように冷たい感触が堪らなかった。店の中に連れて入り、上がり框に座らせて台所へと行った。そして竈に少しの水を張った鍋を置いて火を熾した。

「お腹が空いたろう」台所から声をかけた。

「空いてない」

「そんなはずはないだろう」と、ソウさんは残りものの冷や飯で、小さな握り飯を三つばかりこしらえると皿に乗せ、冷たい味噌汁と一緒にサヨのもとに持って行った。「さ、おあがり」ソウさんはサヨの傍に握り飯と味噌汁を置いた。

サヨは潤んだ大きな眼でソウさんを見つめ、それから握り飯と味噌汁を見つめた。わずかな残光を受けて、その瞳に握り飯と味噌汁が映り込んでいる。サヨは握り飯をつかんで夢中で頬張り、味噌汁を啜った。その音を安堵した表情で聞きながら、ソウさんはサヨの隣に座った。

「お前、小杉神社に行ったんだね」

「うん、行った」握り飯を口に入れたままで言った。

「お父つぁんとおっ母さんに会えると思ったんだね」

サヨは食べる手を止めて俯いた。

「ごめんよ。私たちはお前のためを思って嘘をついていたんだよ」

「わかってる」

「お父つぁんとおっ母さんに会いたいだろうね。できることなら会わせてやりたいが……でも、つらい時はいつでも私やゲンさんに伝えておくれよ。そうしないとつらいばかりだからね。お前のつらいことは私やゲンさんにもつらいことなんだよ……つらいことは少しでも分け合わないとね。私たちは親子も同じだ」

サヨは何か振り切るように握り飯を食べ、味噌汁を飲み干した。ソウさんは黙って食べ終わるのを待っていた。

「ごちそうさま」サヨは手を合わせ、いつもの明るい声で言った。

だがそれは無理をしている声だとソウさんにはすぐにわかった。心配をかけまいとする子どもなりの気遣いを感じて、思わず落涙しそうになる。台所へと行き、ちょうどいい湯加減になった鍋の湯を桶に注ぐと、手拭いと一緒に持ってサヨのもとへと戻った。

「ほら、足を出して」

ソウさんは桶の湯にサヨの足を浸けて、足の汚れをていねいに落としはじめた。その足はソウさんの手の中におさまるほど小さく、ふっくらとして、つきたての餅のように柔らかだった。自分の骨張った手がその肌に触れて、すっかり年老いたことを実感した。

拭きながらふと妙な感慨にとらわれた。あのまま自分の眼が見えていて、御家人の身分のままでいたのなら、娘に対してこんなことは絶対にしなかっただろう。娘の気持ちを何も知ろうとしないまま、同格の家に嫁がせるか養子をもらって娶わせ、後は孫の顔でも見て、老いて死んでゆくだけの身だったはずだ。

娘が何を考えているかなど気にも留めず、取るに足りない家名にすがって生きるだけの情けない男――それを思えば盲目になったことが悪いことでもないと感じる。娘にまつわりつかれて抱き締める。こうして足を洗ってやるなど武家のままであればあり得なかった。

そんな感慨に浸っていると、桶の湯に滴が落ちてはねた。その音にソウさんが手を止めた時、サヨが声をあげて泣いてソウさんに抱き着いた。ソウさんも堪らずサヨを抱き締めてやった。甘い子どもの匂いがして、その手に力がこもる。

「ごめんなさい……ごめんなさい……」ひとしきり泣いた後、サヨは涙声で謝った。

「お前が謝ることはないよ。悪いのは私のほうだ。お前がもうそんなことを考えるような齢になったと気づいてやれなかった。本当にごめんよ」ソウさんはサヨの足を手拭いでていねいに拭いてやった。「でもゲンさんには謝らないとね。必死で探してくれたんだから」

「うん！」サヨは大きく頷いた。

「小杉神社に行ってみようか。まだゲンさんたちがお前を探しているはずなんだ」

「わかった」

「ゲンさん、喜ぶだろうね」

二人は表に出た。ソウさんは提灯を提げ、サヨに手を引かれて歩き出す。空は夕刻の赤みが消えて暗くなっていた。風もなく、冷気だけが肌にまつわりつく。ソウさんは自分たちの足音だけを聞いていた。静かな夜だった。

「ソウジイ、小さなお星さんが迷子になってるよ」空を見上げてサヨが言った。

「迷子？　ああそれはね、一番星と言うんだよ。すぐに仲間ができて迷子ではなくなるよ」

「よかった」サヨの心からの安堵の声に、ソウさんは泣きそうになる。

一番星にすら優しい思いを寄せる気持ちが切なかった。サヨの手は温かくなっていた。そのぬくもりにソウさんの目頭がまた熱くなる。齢をとると心が弱くなってゆく。それも悪くはないと思った。サヨのために気持ちが動くのなら、ありがたく、仕合わせに感じる。この子のために何としてでも長生きしないといけないと反すうしながら、ソウさんは先を急いだ。

十一

頭では理解できているのに、気持ちが揺れ動いてどうにもならなかった。ソウさんから何度繰り返して諭されても、ゲンさんには「わかった」と返せない。逆に「ソウさんは眼が見えないからそんな暢気なことが言ってられるんだ」とソウさんの掌に殴り描いた。

開店して間もない、朝早い時分だった。ゲンさんとソウさんは上がり框に並んで座っていたが、互いにそっぽを向いていた。すでに表では蝉が鳴き出している。夏の盛りで、朝の冷気の中にもわずかなぬくもりを孕んでいた。

「ごめんよ」戸が開いて一番客の熊太が入って来た。「何でえまたケンカか？　いい齢してみっともねえ」

熊太がこの店に通うようになってから十五年ほどが経っている。毛むくじゃらは相変わらずだが、少し肉がついて貫禄が出ており、髪にも白いものが目立つようになっていた。板座敷のいつもの場所に陣取ると「ったくおサヨちゃんがいい迷惑だぜ。さあ飯だ、早く出してくんな」と野太い声をあげた。

ゲンさんは子どものように不貞腐れた顔のまま台所へ行くと、味噌汁を木椀に注ぎ、握り飯とたくあんを皿に盛った。

「どうせおサヨちゃんが仕入れに行ったんでまた揉めてんだろ？」

「ゲンさんが代わりに行くと言って大変だったんですよ。もう齢なんだからおサヨに行ってもらわないと身体がもたないし」

「それにしてもよ、仕入れ先の米問屋の若旦那がおサヨちゃんに気があるってえ話はほんとなのかよ」

「ええ、確かによく見えてましてね。ゲンさんが若旦那のおサヨを見る眼が怪しいって。私は話し方もていねいで、いい人だと思うんですがね」

「ちなみに米問屋ってどこだい」

「相模屋さんですよ」

「えっ、相模屋といやあ大店じゃあねえか」

「そうなんですよ」

熊太は弾けるように笑い飛ばした。味噌汁と握り飯を運んで来たゲンさんに、

「ゲンさんよ、そいつはいいことだぜ。おサヨちゃんだって月のものもある立派な女だろ？　男に惚れて、惚れられる年頃よ。それが女の仕合わせってもんだ。そんなのがねえ方が心配だぜ」

「それは確かにそうですな」ソウさんは冷静に言う。

ゲンさんは飯を置いてソウさんの袖を引っ張り、熊太が何を言ったかを問うた。ソウさんはケンカの延長のように、これ見せよがしにゲンさんの掌に熊太の言い分を描いた。とたんにゲンさんは眼を剥いて、熊太が食べようとする味噌汁を取り上げ、「帰れ！」と鬼の形相で戸口を指さした。

「何だよ！　俺あ客だぜ？　そんなにおサヨちゃんが心配えなら柱にでもくくりつけておきゃあいいだろうが！」

ゲンさんは怒りのあまり熊太の胸を突き飛ばした。

「何だこの野郎！　表に出やがれ！」と熊太がゲンさんの胸ぐらをつかみ上げた時、「ただいまあ」と開け放った戸から入って来たのが、行李を背負ったサヨだった。「今日も暑くなるよ」大きく息をついて手拭いで顔の汗を拭くサヨは十五になり、眼は大きく鼻筋が通り色白で、ゲンさんの心配も無理はないといった器量良しに成長していた。

「おかえり」ソウさんは笑顔で言った。

「あれ？　どうしたの？」サヨはつかみ合ったままのゲンさんと熊太を見て言った。

「いや何、ちょっとゲンさんの襟にゴミがついてたんで直してやってたんだよ」そう言って熊太はゴミを取るふりをした。「おサヨちゃん、仕入れだってな」

「ええ、お米が重くって」サヨは台所へと行李を持って行った。

「ひとこと言ってくれりゃあうちの若い衆を使いにやったのに」

「ダメですよ親方。そうやって甘やかすのは人のためにならないんだから」台所からサヨが声をあげる。

「いいこと言うねえ。うちの嬶あよりよっぽどしっかりしてら」言いながら熊太は味噌汁と握り飯を食べはじめた。

「ゲンジイもソウジイも油売ってる暇があったら味噌汁の火加減をみて、握り飯でもつくって仕込んどいて。今日も忙しくなるよ」

ゲンさんとソウさんはやれやれといった感じで台所へと向かった。ゲンさんは味噌汁の火加減を見ながら、まだ相模屋の若旦那のことを引きずっていた。このところ気が気でなかった。サヨが成長して店を手伝ってくれるのはうれしかったが、常連客の人足や職人たちの中には色目を使う者が後を断たなかった。

いや、向こうから色目を使ってくる奴ならサヨが相手にしないからまだよかった。だが、あの相模屋の若旦那だけは、店に来るとサヨが顔を赤らめる。それを見ると堪らない気持ちになり、ゲンさんは注いだ味噌汁にこっそり塩を足してまずくするのだが、若旦那はかまわず笑顔で飲んでいる。もともとサヨが目当てで来ているのだから味噌汁の味など二の次でよかったのだが、ゲンさんにはそこまで読めない。「お父つぁん、おっ母さんに会いたい」と泣いていた七つの頃のサヨが懐かしかった。

サヨに初めて月のものが訪れた時、ケガでもしたのかとゲンさんはソウさんと一緒に慌てふためいた。たまたま権吉の家の下働きの女が客として店に来ていて、それと教えてくれて安堵した。その夜、鯛を焼いてお祝いをしたが、サヨが女になってしまうという現実に、恐れていたことがとうとう起きてしまったと感じた。

「一生子どものままではいられないんだから」とソウさんは慰めたが、ゲンさんには寂しさしかなかった。その上ソウさんは「いずれは嫁にやらないといけない」と伝えるものだから、やり切れなさで胸がいっぱいになり不機嫌にもなった。

もちろんサヨには仕合わせになって欲しかったが、どこにもやりたくないという一念がどうしても勝ってしまう。近頃はその葛藤のせいで仕事に集中することもできなくなっている。自分やソウさんの齢を考えれば早くよいところへ嫁いでもらえばいいのだが、今は考えたくもなかった。

味噌汁屋の商いのほうは順調で、サヨには毎年新しい着物や簪を買ってやることができた。裏庭には小さいがサヨの部屋を建て増しもした。サヨの身の振り方だけがゲンさんとソウさんの悩みの種だったが、サヨとはそれについて話し合ったことはなかった。

銀次が二人の若い子分を従えて店に来たのは、客足が途切れてゲンさんらがひと息ついて休んでいる時だった。銀次も熊太同様に肉がついて、男らしさを増して権吉の後釜らしい顔つきになっていた。

「お頭がソウさんに話があるということなんですが、これから来ていただけますかい」

「また急なことですな。いったいどんなご用件で？」

「それはあっしも知りません。ただ何ですか大事な話とかで」

「さようですか。ではまあ、うかがうとしましょうか。おサヨ、ちょっと行って来るよ」

「わかった」サヨは言って、ゲンさんにもそれを伝えた。

虫の知らせかゲンさんの胸が騒いだ。自分も一緒に行きたいと訴えたが、「ゲンジイが行っちゃうと誰が味噌汁をつくるの」とサヨに咎められてあきらめた。

その後ソウさんはなかなか帰って来なかった。ゲンさんは手がすくと表に出て、通り向こうに眼を凝らしたが帰って来る気配もない。店を閉めて夜になっても帰らないので迎えに行こうかと思い、夕飯を食べている時サヨに伝えたが、「大丈夫だって。権吉親分のところに行ってるんだから。どうせ晩ご飯でもご馳走になってるんでしょうよ」と平気な顔をしている。

ソウさんが銀次らに送られて帰って来たのは、そろそろ木戸が閉まるという時分だった。サヨはすでに自分の部屋で寝ていたが、ゲンさんは寝床を敷いた板座敷にあぐらをかいてずっと待っていた。銀次たちと店の表で別れたソウさんは、入って来ると上がり框に座り、深いため息を吐いた。

「おサヨは寝たかい」ソウさんはゲンさんに身振りで伝えた。「寝た」とゲンさんが返すと、ソウさんは浮かない顔でまた黙り込んだ。

ソウさんの顔から首筋、胸にかけてべっとりと汗で濡れ、行灯の灯りを照り返している。それを見かねてゲンさんは手拭いを渡した。ソウさんは汗を拭いている間も何か考えごとをしている。「何があったのか」と、ゲンさんはソウさんの掌に描いて訊いた。するとソウさんは時をかけて、権吉親分から聞かされた話をゲンさんに伝えた。

それは小川町に住む石高八百石という大身の旗本、山岡清右衛門の次男坊の嫁に、サヨを迎えたいという驚くべきものだった。半月ほど前、上方の美味い味噌を揃えているという神田の味噌屋までサヨが出かけて行ったことがあった。その際、次男坊が見かけて見初め、中間たちに後をつけさせたと言う。その後お忍びで何度か味噌汁屋に来て、ますますサヨが気に入り、何としてでもサヨを娶りたいと父親に掛け合ったという話であった。

旗本家の使いが今朝町役のもとに来てその申し入れをする書状を渡し、町役から権吉にもたらされた縁談話だった。当然今のままの身分では嫁入りもできないので、いったんは遠縁にあたる旗本家の養子となり、その家から嫁がせる段取りまで決めてあったという。

ゲンさんは茫然となって仄暗い宙を眺めていた。その縁談は承知できないどころか遥か遠い世界の出来事にすら感じる。想像もできない幻をとらえるような感覚であった。

「当然そんな縁談は断ってくれたのだろうね」と返すと、ソウさんは浮かない顔で黙り込んだ。ゲンさんはカッとなった。「承知をしたのか」と身振りで問うと、承知はしないが旗本の次男坊の入れこみようが相当なものだから、簡単に断るわけにもいかないとソウさんは伝えた。ゲンさんは怒り心頭になって床を拳で二度三度と叩いた。ソウさんはその手を取って、

「おサヨが承知しなければ当然断るさ」と描いた。

サヨがそんな縁談を望むはずもない、訊くまでもないとゲンさんは突っぱねた。ゲンさんにしてみれば、その話を聞かせるだけでもサヨが汚されるように思う。ソウさんはため息を吐き、ゲンさんの手を取って描きはじめた。

「おサヨはもう子どもじゃあないんだ。私たちはいつ死んでもおかしくないし、おサヨが仕合わせになれるようにそろそろ行く末を考えてやろうよ」

ゲンさんは憤然とその手を引っ込め、ソウさんはやれやれと蒲団の上に横になった。仕合わせになって欲しいのはゲンさんも同じだった。サヨがいなくなることを想像して、その寂しさに耐え切れる自信がないだけであった。六十年余りも独りきりで生きてきて寂しさには慣れ切ったはずのゲンさんが、どうしてそんな気持ちになるのか自分でも不思議だったが、思うところがあった。ソウさんと出逢い、おサヨと出逢った。二人になり三人になり、それで初めて寂しさの何た

るかを知ってしまったのだ。出逢いの喜びがとてつもなく大きかった。それを失うことの恐れが人一倍あった。

ソウさんは寝息をたてて眠っている。さぞかし疲れたのだろうと心中を思いやった。とうに小行灯の火は消えて暗闇に包まれている。しじまの中でソウさんとサヨと三人で暮らしているありがたさを思った。ゲンさんは自分がどうしてよいのかわからなくなり、眠れないばかりだった。

眼がさめるとまだ夜明け前だった。昨夜聞いたことが嘘であって欲しいと願ったが、聞いた時の衝撃がまだ生々しく残っている。ソウさんはもう起き出し、たすき掛けをして台所に立って米を研いでいた。ゲンさんが身を起こすと、軋んで鳴った板座敷の音にソウさんは顔を上げた。

「ゲンさん、おはよう。おサヨを起こしてきとくれよ」ソウさんはサヨの部屋を指差した。

いつもならもう少し寝ていてもいいはずだった。あのことを話す気なのだなとゲンさんは思い、台所奥にある襖を開けてサヨの部屋に入った。三畳の畳を敷いた部屋には花のような淡い香りが漂っている。障子窓がついていて陽当たりがよく、日中は明るい光で満たされた。部屋の隅には箱鏡台や小箪笥が置かれ、サヨは部屋の隅々まできれいに掃除をしていた。この部屋に入るたび、ゲンさんは何ともいえない心地よさを感じた。

「ゲンジイ、まだ早いじゃない。もう少し寝かせてよ」ゲンさんに気づいてサヨは怒ったように言い、夜着を頭からかぶった。

ゲンさんはサヨの手を取り、大事な話があると伝えた。不機嫌な顔でサヨは起き出し、裏庭の井戸で顔を洗うと、板座敷にいるゲンさんとソウさんの前に座った。

「何なのよ大事な話って」

ソウさんは噛んで含めるように縁談話を語って聞かせた。サヨは一瞬大きな眼を見開いて驚いたが、弾けるように笑い出した。

「何がおかしいんだい」

「だって、ゲンジイとソウジイがメチャクチャ恐い顔してるんだもん」とソウさんに言いながらゲンさんにも手振りで伝えている。

「そりゃあそうだろう。お前にとっては大事な話なんだからね」と言う傍からゲンさんが、「当然断るだろう?」とサヨに伝えている。するとサヨは困った顔で「どうしようかな」と言うのだった。

「それじゃあお前は旗本家に嫁ぎたいと言うのかい」ソウさんの顔が青ざめた。

異変を感じたゲンさんが焦れて「何だ、どうした」とサヨに手振りで訊いた。サヨはどうするかためらっていたが、

「そうじゃあなくって……私ね、好いた人がいるの」と眼を伏せて恥ずかしそうに言った。

「やっぱりあれかい、相模屋の若旦那」

サヨは小さく頷いた。さすがにそれを自分からゲンさんには伝えることができず、ソウさんが伝えた。ゲンさんは激しく動揺し、サヨの顔を見つめた。

「そうか、わかった。では旗本家のほうは断るからね、いいね」

「うん。それでね、相模屋の正太郎さんから今度花火を見に行こうって誘われてるんだけど、行ってもいいでしょう？」

「え、二人でかい？」

「そうだけど」

「私はいいとして、ゲンさんが何と言うか」

サヨはそれをゲンさんに伝えた。ゲンさんはカッとなり、口を固く結んで首を横に振った。

「どうして。花火を見るだけじゃあないの」

「ゲンさん、おサヨも年頃だ。それくらいのことは許してやろうじゃあないか」

何と言われようがゲンさんに許す気持ちはなかった。それを許せばサヨが遠いところに行ってしまいそうな気がした。サヨはしょんぼりとして、黙って眼を伏せている。夜が明けて、薄暗かった店の中もだんだんと明るくなっていった。雀も鳴きはじめている。サヨが顔を上げてゲンさんを見た。

「これが最初で最後の頼みだと言ってもダメ？」サヨはゲンさんの手を取り、ゆっくりとそれを描いた。

「最初で最後の頼み？」

「相模屋さんと言えば大店だし、正太郎さんは後取り息子だし、所帯を持つなんて無理だとわかってる。でも一度でいいから好いた人と二人でいられたらと思うの。それがかなったら正太郎さんにはもう店に来ないでって言うし、相模屋に仕入れにも行かない。旗本家に嫁いだっていいのよ」サヨはゲンさんの眼を見つめたまま身振り手振りを交え、気持ちを込めるようにして伝えた。

揺れ動くサヨの心が手に取るようにわかり、ゲンさんは心が乱れるばかりだった。

「一度だけならいいじゃあないか」とソウさんが人差し指を立てて言った。

「でもね、ゲンジイが本当に嫌なら、私行かない」

サヨは笑顔でゲンさんに伝えた。サヨが無理をして笑顔をつくっているのがわかった。もとより感受性が強く、がまん強い娘であった。それを思うとゲンさんはやり切れなくなってくる。

ゲンさんは観念して親指と人差し指で○をつくって見せた。サヨの顔が花が咲いたように明るくなった。

「いいの？　いいんだね！」サヨはゲンさんの手を握り締めた。

面映ゆいような顔でゲンさんは頷いた。

「ありがとうゲンジイ!」

「よかったね。でもお前を旗本家にはやらないからね。必ず私たちがいい人を見つけてあげるから」ソウさんが言うと、サヨは沁み沁みとなった。

「あたし、ゲンジイとソウジイの子でよかった」

一瞬ソウさんは言葉を失ってほろりとなり、それをゲンさんにも伝えた。ゲンさんもうれしさで胸が詰まった。

「さ、早く仕込みをはじめないとお客さんが来ちゃうよ」サヨが明るい声をあげた。

ソウさんとサヨは台所へと向かって行った。ゲンさんはすぐに台所に立つ気がせず、しばらくその場に座っていた。サヨの言葉に胸が熱くなり、仕合わせな気分に浸った。朝陽が満ちて、店の中はすっかり明るくなっている。喜びを噛み締めながら、今日も味噌汁をつくろうと、ゲンさんは腰を上げた。

十二

その夜、ソウさんは店の表に置いた床几に腰を下ろし、その胸もとに団扇で風を入れて夕涼みをしていた。日中の熱気や雑踏の音が失せて心地よかった。店はとうに閉め、台所ではゲンさんが後片付けをして、板座敷ではサヨが今日のあがりを勘定している。近頃はこうして疲れた身体を休めることが多くなっていた。

花火の音が遠くに聞こえている。その音にサヨを想う。相模屋の若旦那と花火見物をするのは明後日だった。承知をしているはずなのにゲンさんの様子がおかしくなった。味噌汁を一心につくっている間はよかったが、少しでも手を止めるとぼんやりとしている。もちろんソウさんにその姿は見えはしなかったが、気配を感じ取った。

縁談のほうは返事を聞きに来た銀次に断りの返事をした。驚いたような間があって、「承知しやした」と帰って行った。これでいいと、ソウさんは思った。いくら身分のある旗本家に嫁いでぜいたくな暮らしができるからと言って、女としての仕合わせを切り売りすることはない。

ソウさんはため息を吐く。あれから十五年――それまで生きていた六十年余りの歳月より濃厚に感じる。時の流れの不思議さを思った。あんなにちっちゃかったサヨが恋をするようになって、私とゲンさんはすっかり年老いてしまった、あとは死にゆくだけだが、その前にサヨの恋を何とか成就させてやりたいと、ソウさんは考えていた。

「夕涼みですかい」

声がしてソウさんは我に返った。

「その声は銀次さんだね」

「へい。ちょいとお話がありまして」

銀次の声音に緊張の色を嗅ぎ取った。

「そうかい。まあここにお座りよ」

「失礼しやす」銀次は頭を下げてソウさんの横に座った。

「おサヨの縁談の話なら断ったはずだけどね」

「それが少しまずいことになりましてね。いえね、町役のほうでは太閤さんのような出世なんだから承知しないはずはないと旗本家には伝えてあったようでしてね」

「そんなこと今さら言われても困りますよ。とにかく断りますので親分さんにはそうお伝え下さい」

「けど、こんな話は願ってもねえと思いやすが。実はえれえ剣幕で町役がうちのお頭のところに怒鳴り込んできましてね」

「おサヨにはもう好いた人があるのですよ」

「え、そうなんですかい？　お相手はどちらさんで？」

「米問屋の相模屋さんの若旦那ですよ」

「相模屋といやあ大店じゃあねえですか。そいつあもう決まった話なんで？」

「それはまだ……おサヨが好いているだけで。明後日には二人だけで花火見物にも行くんですよ」

「なるほど。承知しやした。お頭には決まったお人があるとお伝えしときやす」

「すまないね、頼んだよ」

銀次は笑顔を残して去って行った。心得た、粋ないい男だと思った。だがその返事で権吉はともかく、町役や旗本が承知するかどうかわからず不安が募った。

「ソウジイ、ご飯だよ」戸口から顔を覗かせてサヨが声をかけた。

「今行くよ」ソウさんは一抹の不安を抱きつつ、店の中へと入って行った。


サヨが花火見物に行くというその日、サヨは早めに店を閉めて自分の部屋でお気に入りの浴衣に着替え――ゲンさんがとてもきれいだとほめた白地に紺の朝顔文の柄――淡い化粧をしている間、店のほうではソウさんがゲンさんを懸命に引き止めていた。ゲンさんがサヨの後からついて行くと言い出したのだった。

気持ちはわかるがサヨの一生に一度と決めた花火見物なのだから、そっとしておいてやろうとソウさんはゲンさんを諭した。ならず者にでもからまれないか見守るだけだとゲンさんは訴えたが信じられるはずもない。ゲンさんのことだから、若旦那がサヨにくっつこうものなら間に割って入るくらいのことはやりかねない。

結局は二人の争いを察したサヨが裏口からこっそりと出て行った。ゲンさんは地団駄を踏んで悔しがり、それでもなお追って行こうとするので、「いいかげんにしないか！」とソウさんはゲンさんのつるっぱげの頭をひっぱたいた。当然ゲンさんもやり返すものと思っていたが、力なく上がり框に座り込んでしまった。

ゲンさんも齢をとったのだなと思うと悲しくなって、ソウさんは脱力した。本当はゲンさんだってわかっているはずだった。わかっていてもできないのは一番つらいことだった。ゲンさんを慰める言葉も見つからず、ソウさんは黙って板座敷に上がると懐からあがりを入れた巾着を取り出し勘定をはじめた。ゲンさんもようやく落ち着いたのか、台所へと行って後片付けをはじめる。その物音が物悲しく聞こえた。

花火の音がはじまった。ソウさんはその音に耳を傾ける。台所から片付ける音もしなくなり、ゲンさんもその音を聞いているのだろうと思った。できれば若旦那の正太郎と添い遂げさせてやりたかった。好いた者同士が所帯を持つならこんな仕合わせなこともない。だがそれは到底無理なことだとわかっていた。大店の息子とふた親のいない味噌汁屋の娘とでは身分がちがいすぎる。そのことを一番よくわかっているのはサヨだという現実に、ソウさんは胸を痛めないではいられなかった。

その後ソウさんとゲンさんは夕飯を食べるには食べたが、終始弔いのような雰囲気で、二人とも茶碗一杯の飯も喉を通らなかった。ソウさんはせめてサヨが帰って来た時くらいは、明るく迎えてやろうと思っていた。

ところが花火も終わり、五つ時をとうに過ぎてもサヨは帰って来なかった。さすがに心配になったソウさんは表や裏を行ったり来たりして、ゲンさんは近くを探しまわったがサヨの姿はなかった。

「相模屋まで行ってみようか」と店の前でソウさんがゲンさんに伝え、二人で出かけようとしていると、向こうから必死に駆けて来た若い男があった。

「た、大変です！　おサヨちゃんが、おサヨちゃんが！」

「おサヨがどうしたんだ」

「さらわれたんです！」

「さらわれた!?」

「花火を見た帰りに襲われまして。おサヨちゃんが駕籠《かご》に押し込まれて」正太郎は、その場に崩れるように両膝をついた。

「あんた、相模屋の正太郎さんかい」

「はい」

ゲンさんが異変に気づき、ソウさんにすがるように何があったのか知りたがったが、ソウさんは正太郎から事情を訊くのが先だと思った。

「どんな奴に襲われたんだ」

「誰だかわかりません。でも、刀を挿していたのでお武家だと思います。追いかけようとしたのですが、斬り捨てると脅されまして」

「番所には届けたんだろうね」

「いえそれはまだ」

「バカ者！　なぜそれを早くしないんだ！」

「すみません！　これよりすぐに！」正太郎は血相変えて駆け去った。

ソウさんの頭に真っ先に浮かんだのが、旗本家の次男坊であった。縁談を断られたのを逆恨みして、力づくでおサヨをさらったのではないかと直感した。心当たりといえばそれしか考えられず、確信すると身体の震えが止まらなくなった。ゲンさんは「何があったのか」とソウさんの肩をつかんで揺すっている。ゲンさんに伝えれば半狂乱になるだろうが、偽ることもできなかった。

ソウさんはゲンさんを店の中へと連れて入り、板座敷に座らせた。そして花火見物の帰り道、何者かにさらわれたと伝えた。最初、ゲンさんにはソウさんの伝えることが理解できず、何度も繰り返し問い返した。やっと何が起きたのかわかった時、反射的に飛び上がるようにして立ち上がった。そのまま表に飛び出して闇雲に探すつもりだと察したソウさんはゲンさんの足にすがりついて止めた。するとゲンさんは白眼を剥いて気を失い、棒のようになって倒れてしまった。ゲンさんにとって想像を絶する禍《わざわい》であり、身も心も耐え切れなかったのだ。

蒲団を敷いてゲンさんを寝かせた後、ソウさんはこれからどうするか考えた。ゲンさんが眼をさます前に答えを出しておかないと、何をやらかすかわからない。相手は八百石取りの旗本だった。番所にしてもおいそれと手出しができないのは知っていた。目付に被害の届けを出さないことには調べてはくれないだろうし、出したところで相手が屋敷の奥にサヨを隠して知らぬ存ぜぬを決め込めば、そう易々とは取り返せない。

顔や身体中から異様なほどの汗が吹き出している。手拭いで拭いても拭いても流れ落ち、しまいには流れるままにしてソウさんは考え続けた。半刻ほど経ってもゲンさんは目覚めず、苦し気な息をするばかりだった。額に手をやると焼けるほど熱い。気の病とはいえ、一瞬でこうなってしまったことは驚きだった。

台所で水桶に水を汲むと手拭いを濡らして絞り、それをゲンさんの額にのせた。その間もどうするかと考え続けたが、結論としては自分たちの手で取り返しに行くしかないと肚をくくった。

ゲンさんが目覚めたのは夜明け近くだった。熱も下がり、しばらくぼんやりとしていたが、急にサヨのことを思い出したのだろう、起き上がって表に飛び出して行こうとしたが力が抜けたみたいにまた倒れてしまった。

「ゲンさん、落ち着くんだよ。どこにいるのかもわからないのに探したって無駄骨になるだけだ」そう言ってソウさんは、おサヨが縁談を持ちかけた旗本家にさらわれたのだろうということ、下手に手出しはできないがよく考えて何とか取り返しに行こうと伝えた。

ゲンさんは青ざめて宙を見ていたが、「権吉親分に話を聞いてもらって力を貸してもらおう」と返した。ソウさんは町役にすら頭の上がらない権吉のことだから、旗本相手では無理だろうと思ったが、相談をして何かよい知恵が出るならそれもいいかと思い直した。

二人は表に出て杖を前と後ろで持ち、権吉の家に向かって歩き出した。こうして歩くのは久しぶりのことだったが、ピッタリと息が合って面白いように足が進んだ。

権吉は朝早くから起こされて最初は機嫌が悪かったが、サヨがさらわれたと聞いて血の気がひいたように「ほんとか」と大きな声をあげた。そして長火鉢に寄りかかり、冷え切った灰を見つめて考え込んだ。その髪はほとんど白くなり、まぶたがたるんで昔のような鋭い眼光はなく、頬の切り傷も深い皺のように見えている。ソウさんの揉み療治が受けられなくなってから腰の状態もおもわしくなかった。

「先頃頂いた縁談の話が気になっておるのですが、親分さんに何か心当たりでもないかと思いまして」

「心当たりか……そいつあないでもないんだがな。実は縁談を断るにあたって町役が詫び状を書いて先方に送ったんだが呼び出されてな。ひと騒動あったらしいんだ」

「それはどのような」

「山岡家八百石が物乞い同然の町人にこけにされたと。そのせいで次男坊は病で床に臥せっているとな。その場は何とか町役がおさめて帰って来たというんだが」

「ではやはりおサヨはその旗本家に？」

「としか考えられんな」と、権吉は苦い顔で煙草盆を引き寄せ煙管に莨を詰め、火をつけた。

「おめえさんが銀次に伝えた相模屋のことも、先方にあきらめさせるために町役に伝えたからな……それがアダとなって相模屋の若旦那の動きを見張られていたのかもしれん」

ゲンさんがソウさんの袖を引いてしきりに聞きたがった。やはり旗本がサヨをさらったと伝えると、ゲンさんの歯噛みする音が聞こえた。

「で、番所には届けたんだな」煙を吐いて権吉は言った。

「はい。相模屋の若旦那に頼みましたので、今頃は番所に駆け込んでいるかと」

「月番は南か。いよいよまずいな」

「なぜでございます？」

「南番所の今の御奉行は山岡家の親戚筋にあたるんだ。北ならまだよかったんだがな。山岡様が知らぬ存ぜぬを決め込めばそれが通るかもしれん」

ソウさんは言葉を失った。いよいよ番所はあてにならなくなった。それどころか揉み消されるかもしれない。

権吉はそれ以上何も言わないで煙管を吸っている。ソウさんは権吉の言葉を待った。「助けてやる」という、その一言が聞きたかったが、長い沈黙が続いた。陽が出たのか障子の方がにわかに明るくなり、一番鶏がどこかで鳴いた。その時、突然堪りかねたようにゲンさんがソウさんの掌に殴り描いた。「人助けもできねえ野郎が親分とは笑わせる」といった内容だったが、ソウさんはそれを親分には伝えず、

「大丈夫だよゲンさん、親分さんはきっとよい知恵をお持ちだよ」と聞こえよがしに言った。権吉はジロリとソウさんを見て「おサヨを救う道なら、一つある」と、ポンと灰を落として言った。

「本当でございますか」

「このまま山岡様の家に嫁がせることだ」

「そんな」

「考えてもみろ。相手は八百石取りの家柄だ。嫁げばおサヨは奥方様として一生安泰じゃあねえか。食うものも着るものもぜいたく三昧だ。おめえたちだって老い先みじけえんだ。おサヨの仕合わせを見届けてからあの世に行きてえだろ?」

「しかし、おサヨには好いた者と添い遂げさせてやりとうございます」

「だからそれができねえから言ってんじゃあねえか。できねえならできることで間に合わせるしかねえよ」

「そんな筋の通らぬことがありますか。親分さんがそんな方だったとは思いませんでした。東両国の権吉が聞いて呆れますよ」

権吉は一瞬眼を剥いてソウさんを見た。だが怒りもせず、ため息を吐いて煙管を煙草盆に放り投げた。

「今でも憶えてるさ。赤ん坊だったおサヨをおめえたちから取り上げて小間物屋にあずけた時のことをよ。あの時ゲンさんは『首を刎ねられても必ずおサヨを取り返す』と言ったよな。今も同じ気持ちだろうよ。でもどの道勝てっこない相手なんだ。下手に逆らえば本当に首が飛ぶ……なあソウさん、ものは考えようだ。できることを考えようじゃあねえか」

「親分さんは、義よりも利を選べと仰せですか。ある日突然何の罪のない我が子を奪われたんですよ！　眼の前で間違ったことが起きているというのに、それを見逃して、利を取れと？　それではあまりにおサヨがかわいそうではありませんか」ソウさんの眼に悔し涙が滲む。

「わしには難しい話はわからねえ。ただ世の中にはよ、できることとできねえことがあるんだよ。生き残るためにゃあ時には筋を曲げることも必要だ」

ソウさんの中で何かが弾けた。だがその気持ちを抑えて平静を装った。

「わかりました」

「わかってくれるかい」

「ただ一つだけ、お願いがございます」

「何だい、言ってみな」

「町役を通して山岡様にお伝え願いたいのですが。最後に一度だけ、おサヨに会わせて欲しいと」

「それだけでいいのか？」

「はい。ひと目会わせてもらえれば、それで結構でございます」

「よしわかった。縁談を承知したとなればそれもかなうだろうよ。わしにまかせておけ」満足そうに権吉は言った。

権吉の家を出ると陽はもう屋並みの上にあがり、蝉がうるさく鳴いている。ゲンさんは権吉と何を話していたのかしきりに訊きたがったが、ソウさんは「店に帰ってから話すよ」と伝えて、二人で杖を持って歩き出した。

ソウさんの肚はすでに決まっていた。何としてでもサヨを奪い返そうと考えていた。先方と会う機会さえつくればできないことはない。相手は話のできる奴らではないし、一戦交えることになってもかまわない。サヨのためなら命など惜しくはない。誰も助けてくれないのなら、それしか手立てはなかった。

店に戻ると板座敷で向き合い、ソウさんはゲンさんに自分の決意を伝えた。ゲンさんは掌にはみ出すほどの大きな◯を描いた。だが、サヨを奪い返すのに丸腰の年寄り二人では到底無理だとわかっていた。旗本屋敷は広く、家臣も数多くいるだろう。

それをゲンさんに伝えると予め考えていたように、ソウさんと自分が囮になり、相手を食い止めている隙にサヨを走らせ逃せばよいと返して来た。もとよりゲンさんは討たれる覚悟だった。ソウさんは大きく頷いたが、そう易々といかないこともわかっていた。

戸を叩く音がして入って来たのは正太郎であった。着物は乱れ、顔は汗まみれで、眼を赤く腫らしている。顔色は血の気がなく、一睡もしていないのは明らかだった。

「番所に届けてまいりました」

正太郎を見るなりゲンさんがたたきに下りて飛びかかり、平手で何度も叩いた。

「あっ、何をなさいます！」

「ゲンさん、やめないか！」ソウさんは手探りで二人の間に割って入り、必死に止めた。

「誠に、申し訳ございませんでした！」正太郎は土下座をして詫びた。「お役人によれば、すぐに取り調べるとのことでございました」

「南番所に行ったのだろう？」

「はい。月番でしたので」

「なら捕まらんだろうよ」

「え、それは相手がお武家だからでしょうか」

ソウさんは山岡家との縁談の経緯を話して聞かせ、南番所の御奉行と親戚筋にある以上、まともには取り上げないだろうと教えた。

「そんなこと」正太郎は肩を落としたが、すぐに怒りに満ちた顔を上げた。「それではおサヨちゃんがあまりにもかわいそうだ。そんな話がまかり通ってもいいんですか」

ソウさんは首を少し傾げて正太郎の言葉をじっと聞いていたが、上がり框に静かに腰を下ろした。

「正太郎さんだったね。あなた、おサヨをどう思っているのかね」

「どうと言われましても……好いておるとしか言いようもありません」

「とはいえ相模屋さんといえば米問屋の大店でしょう。所帯を持てるはずもないのに」

「でも私は何としてでもおサヨちゃんと所帯を持ちたいんです。反対されたのなら、家を捨ててもかまいません」

ソウさんはその声音に嘘はないと感じ取り、この男なら信じられると思った。そして旗本屋敷からサヨを奪い返す計画を打ち明けたのだった。

「では私も一緒に行かせて下さい！　お願いです！　私も闘います！」

「いや、あなたを連れては行けない」

「えっ、なぜです？」

「あなたを騒ぎに巻き込めば、きついお咎めを受けることになるからね。そうなれば相模屋の身代に傷がつくどころか闕所《けっしょ》にもなる」

「それでもかまいません。私は父親から勘当してもらいます」正太郎は涙と汗にまみれた顔で言った。

「それならこうしよう。お前さんは旗本屋敷の表で待っていておくれ。私とゲンさんとでおサヨを逃がすから、そのまま追っ手がかからないところまで一緒に逃げてくれるかい」

「……承知しました」

「では日取りを決めたら知らせるから、それまでは家で待っていておくれ。くれぐれも他言しないようにね」

「はい。ではひとまずはこれで」と、正太郎は立ち上がって行きかけたが、ふと振り向いてソウさんとゲンさんをじっと見つめた。

「どうしたんだい」

「いえ、その……お二人のお話はおサヨちゃんからよく聞いてます。おサヨちゃん、本当にうれしそうに話すんです。本当に……」正太郎の声が涙声になった。「仕合わせだって……お二人にはとてもよくしてもらってありがたいって……昨夜も言ってました、何度も『仕合わせです』って……それだけです。本当に、申し訳ありませんでした！」深々と頭を下げて出て行った。

ソウさんは思わず立ち上がり、しばらくぼんやりとなった。そのうち熱いものがこみ上げてきて指で拭った。いい男だと思った。そしてゲンさんに、正太郎にもサヨを奪い返すのを手伝ってもらうと伝えた。ゲンさんはソウさんの掌に◯を描いた。

その後、二人は店を開けた。いつものようにしていれば不審に思われないし、働けば一時でも気が紛れるだろうと思った。だがソウさんは立ち働きながら、どうやって奪い返せばいいか、そればかり考えていた。

その日の夜、小行灯の灯りのもとでソウさんとゲンさんがあがりの勘定をしていると、銀次が一人で訪ねて来た。息が荒く汗だくで、ひとっ走りしてきたことはひと目でわかった。

「水を一杯えもらいやすぜ」言うなり銀次は台所に行った。瓶の水を柄杓で飲んで戻って来ると板座敷に上がり、二人の前に正座をした。

「おサヨさんと会える段取りがつきやした。日取りは五日後の来月朔日、暮れ六つの頃、先方からお二人を迎える駕篭がこちらに来るそうです」

夜は逃げるのに好都合だったが、駕篭で迎えに来るとは思いもしなかった。これでは正太郎を自分たちの介添え役として連れて行くわけにもいかなかった。

「こちらから道案内をつけて行こうと思ってたので、駕篭など必要ないのですがね」

「それが、先方は二人だけで来て欲しいとのことでして」

警戒されているなとソウさんは直感した。

「わかりました。ではお待ちしています」

「それと、これはお頭からですが、滅多な真似はなさらぬようにとのことでございました」

「年寄りのしかもこのなりで、何ができると言うんですか」ソウさんは笑ったが、親分も抜け目がないなと思った。

「あっしは言われたことをお伝えしただけでさ」銀次はソウさんとゲンさんを見つめた。その顔に大粒の汗が浮かんでいる。「それからこれを――」息を呑み、懐から匕首《あいくち》をひと振り出すと二人の前に置いた。「やるなと言っても無駄だろうとも、お頭は申しておりやした」

ゲンさんは食い入るようにして匕首を見ている。ソウさんはそれに触れて匕首だと知った。

「どうかお気をつけて」そう言って銀次は頭を下げるとたたきに下りて出て行った。

花火の音が聞こえている。ゲンさんがおもむろに匕首をつかみ、引き抜いた。その音にソウさんの背中が冷たくなる。刃が小行灯の灯りを照り返し、ゲンさんの血走った眼を映した。

蒸し暑さにじっとりと汗が滲んでいる。まだ五日あると思い、ソウさんは気を落ち着かせた。その間にやれることをすべてやろう。ソウさんは笑顔を浮かべ、ゲンさんに五日後にやると伝えた。ゲンさんは◯を描いて鞘に刃を収めた。それから二人は黙って蒲団を敷いて横になった。ゲンさんの寝息を聞きながら、ソウさんは二人でずいぶん長い旅をしてきたような気がした。

ゲンさんと出逢っていなければ、いったいどうなっていただろう。溺れ死んでいたかもしれないし、助けられたとしても細々と按摩を続けているだけであっただろう。そうなればサヨを拾うことも育てることもなかったし、ひょっとすればサヨだって捨てられたまま死んでいたかもしれない。サヨのためにゲンさんと出逢ったのではないかという思いが頭をかすめる。紙一重で人間の生き方がこれほど変わるものかとその神秘が身に沁みた。

時の鐘が響き渡った。ゲンさんの胸には匕首が抱かれている。見えなくともソウさんにはそれがわかった。サヨは今頃どうしているだろうと思い、堪らない気持ちにかられる。

眼が冴えて眠れそうにもなかった。寝床から起き抜け、戸口に立てかけてある杖を持つと裏庭へと出た。日中の熱気を孕んだ草の匂いがする。厠と井戸があり、板塀で囲われていた。店の休みの日はそこでサヨが鼻唄を歌いながら洗濯をしていた。その歌を聞きながらまどろむのがソウさんはとても好きだった。

ソウさんは青眼に杖を構えた。その杖はサヨが買って来てくれたものだった。節が黒く変色するほど使い込んでいるが、手に馴染んでしっくりとくる。ゆっくりと振り上げ、振り下ろす。若い頃は素振りを千回毎日繰り返した時期もあった。剣術を本格的にはじめたのは祖父の影響だった。父親にも鍛えられた。筋がよかったのだろう、道場でもすぐさま頭角をあらわし、若くして師範代を命じられた。

繰り返し振るとすぐに腕が疲れて思うように上がらなくなり、腰も痛くなった。骨を折られた右腕も疼く。八十近い齢になればそれは当然であったが、それでも激しい稽古を積んだ感覚だけは鮮やかに甦ってくる――面の中から見える相手の真剣な眼差し――竹刀で打ち込み、当たった時の感触――汗の蒸れた匂い――荒い自分の息遣い――それらをありありと思い出し、気持ちを奮い立たせた。これでもやらないよりやったほうがマシだろうと、暗闇の中でソウさんは杖を振り続けた。

十三

入道雲が青空高く湧き上がっている。真夏の陽射しを浴びながら、ゲンさんは一之橋を歩いていた。今朝から味噌汁をつくっていても気持ちが入らなかった。ソウさんにしても注文や釣り銭を間違えるなど散々だった。二人ともサヨを奪い返す日を思って仕事が手につかなかった。サヨの所在を問う客には病で部屋に臥せっていると嘘をついたが、熊太などはしつこく医者を呼べだの薬飲ませろだのと勧めるので、ソウさんは断るのに難儀をしていた。

それで今日は店を閉めてしまい、ソウさんは裏庭で杖を振って稽古を続け、ゲンさんはやることもなく息が詰まりそうで外に出た。本当は今でもすぐにサヨのもとへと行って奪い返したかった。サヨのためなら斬り捨てられても本望であった。だがその旗本家の屋敷の場所も知らないでは話にもならなかった。

ゲンさんは足を止め、乾き切った地面を見た。そこはかつて物乞いをしていたところだった。ソウさんと出逢ったところと言ってもよかった。ゲンさんはまわりを見た。夏の装いをしたたくさんの人々が行き交っている。本当にここで物乞いをしていたのだろうかと思った。あの頃の自分とは全然ちがう人間に感じる。ソウさんと出逢い、暮らしはじめて生まれ変わった。人と濃密にかかわることで別人になったのだった。

ゲンさんは欄干に寄りかかり、竪川を見下ろした。陽射しを照り返して眩く光っている。涼やかな川風が坊主頭をなぶる。木材を積んだ船がゆったりと過ぎて行く。水面が波立ち、鱗のように規則正しく美しい模様を刻んでいた。

懐に眼をやると肌身離さず持っている匕首の柄が覗いている。自分ひとりが死ぬつもりだった。

いくら剣術をやっていたからと言って眼の見えないソウさんがまともに闘えるとは思えなかった。自分が捨て身で抗っている間に、ソウさんがサヨと一緒に逃げるのが一番いいのではないかと考えた。だがそれを伝えたところでソウさんが承知をするはずもない。ゲンさんは深いため息を吐いた。どう転ぼうがなるようにしかならなかった。

でも、おいらが死んで誰かの役に立てるなんて仕合わせなことじゃあねえか。ここで銭を恵んでもらって生きていた者が、てめえの命を引き替えに人を助けようっていうんだからな。のたれ死にするもんだとばかり思っていたのに、それも武家の屋敷で死ねるなんてよ。ありがてえ話じゃあねえか。ありがてえありがてえ。

捨て鉢のように思って笑みを浮かべる。だが、斬られた時の痛みを想像してうろたえる自分がいる。痛えんだろうなあ、どうせならひと太刀で死にてえものだが、ぜいたくは言えねえしなあ。思いつくことがあってゲンさんは河原に下りた。そして拳ほどの石ころを拾っては懐に入れていった。子どもの時分に同じ年代の子どもたちにからかわれ、いじめられた時、石を投げつけて度々追い払った。頭から血を流して泣きわめいている者もあって、ゲンさんが青ざめたこともあったが、武器としては匕首よりも役に立ちそうだと思った。

店に戻ると戸口の前で正太郎が突っ立っていた。ゲンさんを見ると強張った顔で頭を下げた。

ゲンさんは戸を開け、顎をしゃくって正太郎を中に通した。ソウさんはまだ裏庭で稽古をしているらしく、店の中に姿はなかった。ゲンさんは台所で二つの湯呑みに水を入れると、正太郎のもとへと持って行った。

ゲンさんは湯呑みを正太郎に渡すと座るように手でうながし、並んで上がり框に座って水を啜った。正太郎が悪い人間ではないことは承知していた。その瞳を見ればいい奴か悪い奴かくらいはわかった。正太郎はきっとサヨを取り返す日取りを訊きに来たのだろう。こちらから知らせると伝えてあるのにやって来たのは、いても立ってもいられないからにちがいない。

正太郎は話しかけることもできず、戸惑った感じで水を飲んでいる。ゲンさんも黙って飲んでいたが、この男を旗本家に連れて行ってはならない気がしていた。巻き込まれてもしものことでもあれば、サヨはたいそう悲しむだろう。

そこへもろ肌を脱いだソウさんが手拭いで汗を拭きながら入って来た。正太郎は思わず立ち上がった。

「日取りは決まりましたでしょうか」

声をかけられ、ソウさんは一瞬驚いたように立ち止まった。

「すみません、相模屋の正太郎です。どうしても気になったもので」

「ああ正太郎さんか」ソウさんは少し考えるように首を傾げてから「せっかく来てくれてすまな

いがね、おサヨのことはあきらめて欲しいんだ」と平然と言った。

「え？　あきらめろって」

「おサヨは旗本家に嫁がせることにしたよ。どう考えても奪い返すなんて無理だし、おサヨにもしものことでもあれば大ごとだ。旗本家ならぜいたくをして暮らせるしね」

「そんな……」

「さ、もう帰ってくれ。あんたとはもうかかわりはないんだ」ソウさんは背を向けて着物を着た。

正太郎は屈辱に耐えるように押し黙って俯いていたが、小さく頭を下げて出て行った。その様を眺めていたゲンさんは、ソウさんが自分と同じ思いで正太郎を追い返したのではないかと勘づいた。

ソウさんは顔の汗を拭きながらゲンさんの横に腰を下ろした。そしてゲンさんの手を取り、「おサヨの大切な正太郎さんを危ないめにあわせることはできないからね」と伝えた。やっぱりおいらと同じ思いだったんだと、ゲンさんは笑顔でソウさんの掌に◯を描いた。

旗本家に行く当日は日中に激しい夕立ちが降り、その後は涼しい風が始終吹いていた。そんな風ひとつにもゲンさんは胸が騒ぎ、迎えが来るまで落ち着かず、店の中や表や裏庭を行ったり来たりした。ソウさんのほうは上がり框に腰を据えて、杖を握ったまま動かないで待っていた。

蝉の声も止み、暮れ六つの鐘が鳴ってほどなく、乱暴に二度三度戸を叩く者があった。

「ごめん！」

ソウさんは立ち上がり、戸口に行った。その時板座敷を行ったり来たりしていたゲンさんは、ソウさんのほうを見た。

「どちら様で？」

「山岡家の使いの者だ。迎えに参上仕った」ぞんざいで仰々しい物言いにソウさんの顔が強張り、杖を握り締める手に力が入った。

「今出て行きますので暫しお待ちを」ソウさんは外を指差し、ゲンさんに外に出るように合図を送った。

二人が出て行くと、夕闇が迫りつつあった。塗りの駕篭が一挺置かれ、その傍らには担ぎ手である体格のいい中間が二人と、キツネ眼の身なりのいい武士が一人立っていた。

「乗られよ」キツネ眼が無表情のまま顎を動かした。

ゲンさんが駕篭が一挺しかないことに戸惑っていると、中間たちがゲンさんとソウさんの腕をいきなりつかんで駕篭の中に押し込んだ。

「発てい！」

駕篭が進み出すと体勢が崩れ、前後左右に揺れた。中間の足運びも荒々しく、荷物のような扱いだった。熱気を孕んだ薄闇の中で二人の息遣いが交錯している。すぐに汗まみれになり、ゲンさんは息苦しくなった。「ゲンさん、大丈夫かい」と、ソウさんはゲンさんの背中を擦ってやっている。ゲンさんは怒りを募らせ、何が何でも必ずサヨを奪い返すと歯を食いしばった。

一刻ばかりもそうやって揺られて、突然地面に叩きつけられる衝撃を受けた。ゲンさんは目眩がして身体の節々が痛み、歩くこともままならない気がした。扉が開けられ、二人は中間に引っ張り出されて転がった。とうに夜になっていて、大きな満月が夜空に浮かんでいる。

そこは砂利を敷きつめた庭だった。松明が焚かれ、敷かれた筵の上に並んで座らされた。二人の前方には長い廊下があり、山水の墨絵が描かれた襖が閉め切られている。

「只今両名、着座致しましてござります！」脇に控えるキツネ眼が朗々とした声をあげた。

襖が素早く開いた。眩いばかりの行灯の灯りがついた広間に、別人のように着飾ったサヨが座っていた。高島田に結った髷《まげ》に銀の花簪《はなかんざし》を挿し、金銀の糸をちりばめた真新しい縫箔《ぬいはく》の着物を着せられ、化粧を施している。四人の女中を従え、大年増の女中がサヨのすぐ傍に座り、厳しい視線をゲンさんとソウさんに注いでいた。

サヨは泣き腫らした眼を見開き、二人を見た。ゲンさんは激しく胸をつかれ、思わず隣に座るソウさんの腕をつかんだ。

「おサヨ！　そこにいるんだね」察したソウさんが声をあげた。

「ええい、勝手に口をきくでない！」キツネ眼が怒鳴りつけると、中間がソウさんの背中を足蹴にした。

「ソウジイ！」サヨは二人のもとに行こうとするが、女中たちに押さえられた。

尋常でないほどゲンさんの血がたぎった。

「さ、これでよいな。無事に目通りかなってめでたいことじゃ。その者たちを帰して下されし」大年増の女中が冷然と言い放った。

「承知仕りました。おい、連れて行け」

キツネ眼に命じられ、中間らが連れて行こうとしたその時、ソウさんが立ち上がりざま杖を構えて中間の一人に一撃を加えた。その隙にゲンさんが廊下から座敷へと駆け上がり、サヨのもとに行くと匕首を抜いて振り翳した。悲鳴をあげながら女中たちが逃げ惑う。

「何をするか！　ひっとらえろ！」

キツネ眼が命じると中間が飛んで来て腰の木刀を抜き、ゲンさんと対峙した。ソウさんのほうは老人の一撃など知れたもので、あっさり中間に取り押さえられた。ゲンさんは匕首を振り回すだけで次第に疲れて動きが鈍くなったところで、手を打たれて匕首を落としてしまった。

キツネ眼が刀を抜いた。それを見たゲンさんは、おいらの命と引き替えにサヨとソウさんを助けるんだと、キツネ眼に向かって行こうとしたが、中間に羽交い締めにされて身動きがとれなくなった。その時、サヨが匕首を拾ってその切先を自分の喉もとに向けた。

「やめて！　二人を放して！　でないと私、ここで死ぬから」

「おやめなされませ！　そのような真似をなされば若殿様がどれほど悲しまれるか」大年増の女中が顔色を変えて言う。キツネ眼も中間らもどうすればよいかわからず、うろたえるばかりだった。

「だったら言うことを聞いて」

「……致し方ない。放しておやりなさい」

中間らはゲンさんとソウさんを放した。サヨは喉もとに切先を向けたままゲンさんの手を取り、庭へと下りてソウさんのもとへ駆け寄った。

「ソウジイもゲンジイも杖を絶対に放さないで」

サヨはソウジイの持つ杖をゲンジイに握らせ、自分も握り締めると「行くよ」と言って暗闇の中を駆け出した。ゲンさんとソウさんの息はすぐにあがり、足がもつれ、二度三度と転んだ。その度にサヨに助けられ、懸命に走り続けた。

「サヨ様がさらわれたぞ！」

「出合え！　出合え！」

「裏門に向かったぞ！」

背後では怒号が飛び交っている。サヨは二人を引っ張り、裏門まで何とかたどり着いた。そこでは六尺棒を持つ二人の門番が立ちはだかった。

「そこをどかないと喉を突くから！」サヨは叫んだが、門番の一人が寄って来ると巧みな棒さばきで匕首を叩き落とした。門番らが三人に迫ろうとした時、ゲンさんが懐に手を忍ばせ、隠し持っていた三、四つの石を続けざまに投げつけた。石は門番らの顔や頭に当たり、思わず唸り声をあげたところにソウさんが飛び込んで杖で強かに何度も打ち据えた。その隙にゲンさんが脇の潜り戸を開き、三人は再び杖を握ると表へと飛び出した。

「おサヨ、このまま番屋に行くんだ」

「わかった」

満月に照らされた夜道を必死の思いで駆けた。ゲンさんは不思議に息があがらなかった。神様か仏様が走らせてくれているのかもしれないと思うほどであった。

だが突然三人の前に飛び出して行く手をふさぐ人影があった。

「待てい！」

それは辻番所から出て来た大柄な番人だった。

「貴様ら、何者だ」

「この通り按摩の一家でございます。道に迷いまして」咄嗟にソウさんが嘘をついた。

「按摩だと？　町人か？」

「さようでございます」サヨは番人を毅然と見返した。

辻番所から提灯を提げた別の番人が出て来て三人を照らした。

「町人の娘がなぜかような風体をしておる。履物はどうした！」

ソウさんもサヨも言い返すことができず黙っていると、にわかに騒がしくなり、そこに酔った若い男たちの一団が雪崩れ込んで来た。

「よおソウさん、ゲンさん、おやおやサヨちゃんまで。何してんだい」と、声をかけてきたのは銀次だった。

「何だお前らは」

「何だっておめえらこそ何だよ」銀次はゲンさんらと番人の間に割って入り、後ろ手で逃げるように合図を送った。

三人は銀次らと番人が小競り合いをしている隙に、その場を離れて駆け去った。懸命に走って近くの番屋に飛び込むとソウさんが事細かに経緯を話し、北番所の役人につないでもらうよう訴えた。ちょうど月番が南から北に代わったばかりであった。

仄暗い行灯の置かれた蒸し暑い番屋の奥の間で、身を寄せ合うように三人は座った。興奮が冷め止まず、長い間三人とも押し黙っていた。

「こわかったろう。ここまで来ればもう大丈夫だよ」ソウさんがサヨに声をかけた。

サヨは身を震わせ、両手で顔を覆って泣き出した。ゲンさんとソウさんは思わずサヨの背中を擦ってやった。サヨは子どものように泣きじゃくった。ゲンさんは安堵というより怒りを新たにしていた。おサヨをこんなに恐ろしいめにあわせやがってと悔し涙がこぼれた。ソウさんもしきりに涙を拭いている。ひとしきり泣いてサヨは顔を上げた。

「あたし、うれしいの。ゲンジイとソウジイが助けに来てくれて……ありがとう」サヨはいつもの習慣のようにゲンさんに向かって身振り手振りで伝えた。「でも、ごめんなさい。あたし、もういいかなと思ってたの」

「もういいって何がだい」

「正太郎さんと花火も見られたし……お旗本に嫁いだら、ゲンジイやソウジイにも楽をさせてあげられるかなって。これまでずいぶん苦労をかけたんだし」

「バカを言ってはいけないよ。私やゲンさんはね、お前には仕合わせになって欲しいんだ。そのためなら私もゲンさんもどんな苦労だって厭わないさ。それが親の務めだ」ソウさんが言うと、サヨの眼にまた涙があふれた。

ゲンさんはサヨの手を握り締めてやるしかできなかった。それから三人は何も話さず、沁み沁みとそれぞれの思いに耽った。番太郎が気をきかせて、お腹が空いているだろうと通りかかった蕎麦屋台を呼び止め、三人に蕎麦を差し入れてくれた。その匂いにゲンさんはにわかに空腹をおぼえた。そう言えば昨夜から何も喉を通らず水しか飲んでいなかった。熱い蕎麦を啜ると、身体の中から熱気が抜けて涼やかになっていく。

「あのね」と、蕎麦を食べ終えたサヨが明るい声をあげた。「お旗本の料理って大したことなかったのよ。水っぽくって。ゲンジイのお味噌汁のほうがよっぽど美味しいと思った」と笑顔でゲンジイに伝えた。ゲンさんはうれしくてまた泣きそうになった。

「あたしね、ずっと考えていたことがあったの」

「何を考えていたんだい？」ソウさんが訊いた。

「もうお嫁には行かないって。そうすればゲンジイとソウジイと一緒にいられるでしょ」

「それはうれしいけど私は望まないよ。お前は好きな人があれば、どこにでも行っていいんだよ」

「ううん、いいの。ゲンジイとソウジイと三人で暮らすことが本当の仕合わせなんだって気づいたの。ね、ゲンジイだってそう思うでしょ」

ゲンさんはサヨから伝えられたことを頭の中で反すうしていた。もちろんずっと傍にいて欲しいという気持ちはあったが、こうなってみると、サヨの好きなように生きてゆくのがいいとも思った。曖昧な笑みを浮かべるのが精一杯で、サヨをまともに見られなくなって眼を伏せた。ソウさんが笑い出した。

「どうしたの？」

「いやあ、お前を助けに行ったはずなのに、助けられたのがおかしくてね。お前にこれほど度胸があるとは思わなかったよ」気分を変えるように明るい声をあげた。

「私だってこんなことするなんて自分でも思わなかった」サヨも笑い、それをゲンさんに伝える。

ゲンさんは笑えなかった。ただサヨを二度とこんな恐ろしいめにあわせてはならないと思うだけであった。そこに番太郎が顔を覗かせた。

「北番所のお役人がお見えだ。出て来てくれ」

北番所の町廻り同心、平井正之介と名乗った役人は、番小屋を入ってすぐの板間にあぐらをかいていた。裾が割れて濃い毛ずねがむき出しになっている。紺の足袋は擦り切れ、親指の部分は繕ってあった。ゲンさんは平井の前にソウさんと並んで正座をして、サヨはその後ろに座った。平井は小柄で貧相な五十前後の男で、ゲンさんでさえ、こんな男に町廻りが務まるのかと訝るほどであった。

「南番所に尋ねたところ、確かに六日前、尾上町相模屋の正太郎なる者が、同町権吉店味噌汁屋の娘、おサヨが何者かに拐《かどわ》かされたとの届けを出しておったがのう。だが調べによれば、その形跡見当たらずとのことであった」と、ゲンさんとソウさんを見据えた。言葉は柔らかく、顔はたれ眼のしょぼくれた男だが、その眼光は鋭く射抜くように二人を見ている。「お前たちは拐かしたという旗本、山岡清右衛門の屋敷より娘を助けて逃げて参ったというのだな」

「さようでございます」頭を下げてソウさんは言った。「この際申し上げますと、南番所の御奉行様と山岡清右衛門とは縁戚にあたると聞いております。したがいまして」

「そのために南番所が拐かしの一件を不問にしたと申すのか？」

「はい。ですので、私たちの手でおサヨを救う決意を致した次第でございます」

平井は首を傾げ、ゲンさんとソウさんをじっと見つめた。

「お前たちの名は」

「私が壮一郎、この者はげんぞうと申します」

「げんぞう、今の壮一郎の話に相違ないか」

「お役人さま。げんぞうは耳が聴こえず、口もきけません」

「そうなのか」平井は怪訝に二人を見ていたが、「お前たちは何だ。兄弟か？」と訊いた。

「いえ、赤の他人でございます。わけがありましてもうかれこれ十五年ほど一緒に暮らしております」

「はて、これは面妖な……で、おサヨはお前たちいずれかの孫か？」

「いえ、娘でございます。これもわけがございまして、捨て子であったのを引き取り、養子にして二人で育ててまいりました」

　驚きの眼で平井は二人をまじまじと見た。そこへ番太郎が茶を運んで来た。平井はその茶を一口啜って小さく笑った。

「俺も長年町廻りとして勤めてまいったが、なかなかどうして、世の中にはまだまだおもしれえ話があるものだ……早い話が、おサヨに岡惚れした旗本の次男坊が力づくでさらって、我が物にしようとしたところを救い出したというわけか」

「さようでございます」

　表戸が開き、ニキビ面の若い小者が入って来た。

「平井さま、山岡清右衛門の方ですが」

「おう、どうだった」

「不届き者が短刀を振り回して使用人を脅し、屋敷より次男の許嫁を拐かしたとのことで、家の者総出であたりを捜しまわっております」

「お前たち、短刀を振り回したのか」

「丸腰では到底取り返すことなどできませぬ」

「それはそうだろうが、まずいことをしたな……しかも許嫁を奪われたとなればかなり分が悪いぞ」

「お役人さま、縁談を承知しましたのもおサヨを救い出す手立てが他になかったからでございます」

「しかし、一度承知したとなれば向こうの言い分が通るだろうな」

「そんな」サヨが思わず口をはさんだ。「力づくで拐かしておいてそのような道理が通ると言われますか？」

「世の中には道理が通らんことなど山ほどあるさ。相手は八百石取りの旗本だ。お前たちが訴え出たところでどうにかなるような相手ではないさ」

「ではどうしろと」

「どうもこうも俺の一存ではどうにもできんさ。町方が旗本を裁くことはできんからな。番所に持ち帰って上と相談せねばならん。だがこれだけ騒ぎが大きくなるとお前たちもタダではすまぬだろう」

　ソウさんとサヨは現実を突きつけられて黙り込んだ。ゲンさんは何を話しているのかとサヨの袖を引いた。サヨは平井とのやりとりをゲンさんに伝えた。それを知ったゲンさんは思わず拳で床を殴りつけた。思わぬ反撃を受けたというように、平井がゲンさんを鋭く見据えた。だがゲンさんも負けじと睨み返し「旗本とおいらたちとどっちが悪いんだ」と問い質した。それをサヨが伝えると、平井はしばらく黙して暗い宙を見ていたが、

「お前さんたちは何も悪くはないさ」と呟くように言った。「でもな、何度も言うが、これは俺が決めることではなく、上が決めることだからどうなるかわからんのだ」

「あんたはバカか？　糞するのでも上の許しがいるのか？」ゲンさんは頭を指差し、身振り手振りで示したが、サヨはそれを伝えることはなかった。

「とにかく三人ともこれより牢に入ってもらおう」

「えっ、牢に入るのでございますか」ソウさんは思わず声をあげた。

「そうだ。お前たちの身を守るためにもそれが一番よいからな。尤も、表向きは牢に入ったということにしておいて、それを山岡家に伝えておくだけだ。俺にできるのはせいぜいそんなところだ。但し、先ほども申したがお咎めは覚悟しておけ。もちろん番所の処分が決まるまではどこへも行ってはならんぞ」

「承知しました」ソウさんは頭を下げた。

それをサヨから伝えられたゲンさんはまだ納得がいかなかった。

その後三人は平井と小者に伴われ、自分たちの家へと向かった。「罪人を逃がすわけにはまいらんからな」と笑みを浮かべて言う平井だったが、道中の周囲への眼の配り方は護衛のそれであった。

歩きながらサヨがしきりにソウさんの足下を気遣い、腕や袖を引いて先導して行った。その振る舞いを見て、やっぱりおサヨは優しい娘だ、おいらたちの娘だとゲンさんは誇りに思った。

「いかがでございましょう。せっかくなので手前どもの味噌汁でも召し上がって行かれては」店の前まで来た時、ソウさんが言った。

「そうだな。ここまで追っ手がかからんとも限らんからな。見張りがてらもらうとするか」平井は笑みを浮かべ、小者と一緒に店に入ると板座敷に上がって座った。

「あたしも手伝うから」

「お前は疲れているだろう。休んでおいで」

「いいの。旗本のお屋敷じゃあご飯食べて寝るだけだったから、ブクブク太っちゃって動きたかったのよ」サヨは笑って小行灯を灯すと台所へと向かった。

ゲンさんも竈に火を熾し、大鍋を仕掛けて味噌汁をつくり出した。疲れ切っているはずなのに不思議と身体が軽かった。ソウさんは米を研いで仕掛けて飯を炊き、サヨは包丁を手にしてナスを切っていった。

平井は三人の手際を覗き見ながら「手慣れたものだのう」と、小者とともに感心している。

半刻ほどで味噌汁と握り飯ができた。平井は味噌汁をひと口啜って、「うまいのう」と唸るように言った。「こんなにうまい味噌汁は、よそではなかなか味わえぬ」

「柊屋とは比べものになりませんね」小者も啜って笑顔で言った。

「柊屋か、確かにあそこの飯はまずい」平井は苦笑した。

その傍に座っていたサヨが台所のゲンさんを笑顔で見返り、両手で大きな○をつくって見せた。

それからは平井と小者は黙々と食べて、きれいに平らげると箸を置いて手を合わせた。

「ごちそうになった」

「お粗末さまで」たたきに立つソウさんが言った。

「しかしお前さん方、よくこれまでやってこれたのう」平井は店の中を感慨深く見回す。

「これもおサヨがいてくれたからこそでございます」

「なるほど。旗本屋敷に乗り込む気持ちもわかる気がするよ」平井は笑って言い、懐から一分銀を取り出して置いた。「釣りはいらぬぞ」

「お役人様、お代は結構でございます。しかもこんなに」慌ててサヨが言った。

「野暮を申すな。一度出した金を引っ込められるものか。ま、くれぐれも用心しろよ。さて、行くとするか」

「へい」

平井と小者はすっかり満足したように店を出て行った。

「あたしももらおうかな」サヨは台所へ行くと味噌汁を椀に注ぎ、立ったままで啜った。ゆっくり味わうように眼を閉じ、笑みを浮かべた。ソウさんは耳を傾けて、ゲンさんはその様を見つめて沁み沁みとなった。

「ごちそうさま！」サヨは椀を手早く洗うと自分の部屋へ入って行った。

「でも本当によかった」ソウさんは上がり框に腰を下ろすとゲンさんに笑顔を向けた。ゲンさんもその横に座り、深く安堵の息をついた。

浴衣に着替えたサヨが、部屋から蒲団を持ち出して来て板座敷に三つ並べて蒲団を敷いた。

「三人一緒だと襲われた時でも安心でしょ」

「今晩くらいはゆっくり寝たいものだよ」ソウさんは大きなあくびを一つすると横になった。

「おやすみ」サヨは小行灯の火を吹き消し真ん中に寝て、気持ちよさそうに伸びをした。「あー、やっぱりうちが一番いいなあ」

ほどなくソウさんとサヨは寝入った。だがゲンさんは蒲団の上に座ったまま、ぼんやりとなっていた。身体は疲れ切っているのに頭が冴えている。今日一日の出来事が濃密で、一年分の出来事のようにも感じた。

三人で暮らすことが仕合わせだと、サヨは番屋で言った。だがゲンさんは今、それではいけないような気がしていた。ソウさんの言うように、嫁にも行かず自分たちの面倒をみることが、どうしても仕合わせだとは思えなくなっていた。

その一方で、サヨが嫁ぎソウさんが先に死んでしまったら自分はどうなるんだろうと不安にかられる。商いをしていれば食べていくことはできるだろうが、独りきりで生きる自分を想像することができなかった。もとに戻るだけなのに、受け入れられそうにもない。

暗い宙を見つめながら、このまま死んでしまってもいいなと思った。こうしてソウさんとサヨと三人で川の字で寝られて、こんなに仕合わせなこともねえな。ありがてえことだ。生きていてよかったな。

穏やかな気持ちの中でゲンさんは眼を閉じる。これからの一日いちにちがとても大事になりそうだと思いながら、眠りについた。

十四

サヨを取り戻してから五日が経った。米も味噌も切らしてしまい、ゲンさんとサヨが今朝早くから食糧を買い出しに出かけていた。ソウさん一人が留守番をしていて、やることもなく、上がり框に座っていろいろな思いに耽っていた。二人で出かけたのは、サヨを残しておけばもしこの店が襲われた時、ソウさん一人では太刀打ちできないと考えたからだった。サヨはゲンさんの浴衣を着て頬被りし、炭で顔を汚すという念の入れようであったが、かえって目立つのではないかとソウさんは心配になってきた。

戸の表には〝当分の間休みます〟という貼り紙をしてはいたが、熊太などは毎朝戸を叩いて「開けろ」とわめいているし、常連客の中には無理に戸を開けようとする者まである。心張り棒をしているから開きはしないが、息を潜めて暮らすのは骨の折れることだとソウさんはため息を吐いた。

ソウさんには他にも気がかりがあった。サヨの元気がなかった。平静を装ってはいても、その声音の中にかすかな寂しさを滲ませている。それは正太郎を思ってのことだとソウさんにはわかっていた。一生に一度のはずだった花火見物はサヨの心に火をつけ、捨て難い焔を燃やし続けているにちがいない。それを思うと不憫で仕方がなかった。

駕篭かきの掛け声が店の前で止んだ。ソウさんは我に返り身を強張らせた。戸を叩く音がして、「ソウさん、わしだ、権吉だ。大事な話があって来たんだ」と権吉の声がした。

ソウさんは一瞬訝った。旗本の山岡家が町役から権吉へと手をまわして奪い返しに来ないともかぎらない。逡巡していると権吉が、

「北番所の処分が決まってな。そいつを伝えに来たんだ」

処分と聞いてソウさんは腰を上げ、心張り棒を外して戸を開けた。

「おうソウさん、達者だったかい」手拭いで顔の汗を拭きながら笑顔で権吉は言った。

「お一人でございますか」

「うん、そう言うおめえも一人かい」

「ええ。ゲンさんとおサヨは今、買い出しに行っております」ソウさんはまた心張り棒をしようとした。

「ソウさん、もうそいつあいらねえよ」権吉は上がり框に座った。

「と、申されますと」

「北番所の御奉行様が直々にお目付役に話をつけてくだすってな、旗本の山岡様に対し、おサヨには今後指一本ふれてはならんと沙汰が下りたそうだ。だからもう隠れなくてもいいんだ、安心しな」

「本当でございますか」

「間違いない。町役から今朝方聞いてきた」

「それはよかった」ソウさんは胸のつかえが一気に下りてゆくようだった。

「だがな、悪い知らせもあるんだ。ゲンさんとお前さんは闕所《けっしょ》の上、所払いと決まった」

「えっ、なぜでございます」

「つまりは喧嘩両成敗というやつだろうよ。いや、おサヨの身を護るのと引き替えの処分みてえなもんだ」

「さようでございますか」ソウさんは肩を落とした。

「おめえらは旗本屋敷で刃物を振り回すという騒動を起こしたんだ。本来なら番所にしょっぴかれて裁きを受けなきゃならねえが、これも御上のお慈悲だ。わかってくれるな」権吉はソウさんの顔をまともに見られないというように言った。

「ですが親分さん、娘を力づくで奪われて取り返そうとしない親がこの世にございましょうか？誰も力になってくれないのなら、自分の力でやるしかないではありませんか。それを罪に問われるのなら、世の中は真っ暗闇でございますよ」

「返えす言葉もねえ。おめえらがやったことは間違っちゃあいねえ。でもよ、生きてりゃあ筋の通らねえことが必ず起きるもんだ。まあ、命あっての何とかだ。三人とも斬り捨てられずにこうして生きてられるだけでもよかったじゃあねえか」

権吉の吐く息の中に濃い酒のにおいを嗅いだ。権吉なりにやり切れないのだろうと察し、もう恨み言はやめようと思った。権吉の言うように、正しいことが通ることもあれば通らないこともある。それが世の中だとわかってもいた。だが突然我が子を奪われて、奪われたほうにまで責めを負わされるのは、どうしても納得がいかなかった。

一方で、これでよかったのだと思う自分もいる。人間には潮時というものがあるのだ。満ちる時もあれば引く時もある。まだ身体の動くうちに身を引くのが人間として正しく、あるべき姿なのではないか。

「で、いつ江戸を出ればよいのでございましょう?」

「今月廿日までには出ろというお達しだ」

「あと、半月……」

「そうだな」

「ではそれまでに出立することに致しましょう」

「そうか。すまんな。話はそれだけだ。出立の日にはわしも立ち会うからな……おめえたちとは縁があって長いつき合いになったが、わしもいろいろ教えられることもあったんだぜ」

「とんでもございません。私の方こそ何から何までお世話になりまして、親分さんがいなければこのように人様並みの暮らしなどできませんでしたよ」

権吉は指先でそっと涙を拭いた。

「あと少しのつき合いだが、何かわしにできることがあれば言ってくれ」

ソウさんの中で閃くことがあった。

「では、所払いのことはおサヨにはご内分に願いたいのですが」

「じゃあおサヨに知られないように、こっそり江戸を離れるというのか?」

「はい。その方が後腐れなかろうかと思います」

「そうかい。しかしゲンさんが承知するかい」

「私が承知させます。つきましてはあと一つ、お願いがございます」

「何だい」

「私どもが所払いとなり闕所となりますと、おサヨの行く末が案じられます。そこで親分さんにおサヨの縁談をまとめて頂きたいのですが」

「おういいとも。おサヨほどのしっかり者の器量良しなら引く手数多だ。心配するな」

「いえ、相手はもう決まっておりまして、相模屋の若旦那のもとに嫁がせとうございます」

「相模屋だと？」権吉は驚きの声をあげた。

「無理は重々承知の上でございます。ですが若旦那も家を捨ててでもおサヨと所帯を持ちたいと言ってくれました。その言葉を信じまして、ぜひとも親分さんに取り持っていただきたくお願いしたいと存じます」

「よし、わかった。餞別代わりに廿日までには話をつけてやるさ。大船に乗った気で待ってな」

権吉はつらそうに立ち上がり腰を二度三度叩いた。「おめえの按摩が懐かしいぜ」と言って笑い出て行った。表に駕篭を待たしてあったらしく、駕篭かきの掛け声が遠ざかって行った。

ソウさんは少しの間、たたきに転がった心張り棒をぼんやりと眺めていた。盛りをすぎた弱々しい蝉の声が聞こえている。風が戸を鳴らし、隙間風が顔をなぶった。

サヨの縁談さえうまくいくとなれば、ソウさんにはもう心残りはなかった。ゲンさんも話せばきっとわかってくれるだろう。これで江戸を出た後はいつ死んでもいいとさえ思った。ソウさんは頷いて微笑んだ。そしてにわかに喉の渇きをおぼえ、腰を上げて台所へと向かった。

夕方近くになり、ようやくゲンさんとサヨが帰って来た。さすがになじみの店には行けず、隣町にまで足を運んで買い出してきたという二人に、ソウさんは権吉の話をして二度とサヨが襲われることはないと伝えた。ゲンさんとサヨは手を取り合い、小躍りして子どものように喜んだ。もちろんソウさんは所払いのことは話さない。だがサヨがふと、

「でもお咎めはどうなるの？」と訊いた。

「それがおかまいなしだそうだ」

「ほんと？」

「ああ」

「よかった」サヨは汚した顔を台所で洗いはじめた。

「久しぶりに湯屋でさっぱりしてきたらどうだい」

「そうか。行水ばかりだったものね」サヨは自分の部屋へ行くと浴衣に着替えて出て来て、「じゃあ行って来る」と言ってうれしそうに出て行った。

「ゲンさん、ちょっと話があるんだ」ソウさんはゲンさんを座敷に上げた。そして闕所の上所払

いになり、半月後に江戸を離れなければならないと身振りを交えて伝えた。最初ゲンさんは何を言っているのかわからないといった顔をしていた。ソウさんは繰り返し同じことを伝えて、サヨと別れなければならないが、相模屋の正太郎と所帯を持って仕合わせになるのだと、ゲンさんに知らしめた。

ことの真相を知ったゲンさんは泣きそうになるのを懸命にこらえていた。だがとうとう声にならない声をあげて子どものように泣き出してしまった。ソウさんはこれ以上店の中にいると息が詰まりそうな気がした。

「ちょっと外に出ようか」

ソウさんはゲンさんの袖を引いて店を出ると、あてもなく歩き出した。遠くで蜩が鳴いている。それを聞いてよけいに侘しい心持ちになってしまう。いつの間にかゲンさんの方が先に立ち、涙を拭きながら黙々と歩いて行った。どこに向かっているのかわからないまま、ソウさんはゲンさんに引っ張られた。

微かに潮の匂いがする。その匂いが薄れると、今度は草いきれの懐かしい匂いを嗅いだ。船頭が長閑に唄う声も聞こえてきて、竪川沿いを歩いているのだなとソウさんは思った。きっとゲンさんは二人で昔住んでいた場所に行こうとしているのだ。

だがそこには二人が住んでいた小屋はなかった。更地になり雑草が生い茂っていて、子どもたちが駆け回って遊んでいる。ゲンさんはソウさんの掌に小屋の画を描いて、大きく×を描いた。それで、もう家はないのだなとソウさんにもわかった。

二人は並んで草の上に腰を下ろした。濃い草の匂いがソウさんの鼻を突く。ゲンさんは子どもたちの遊ぶ姿を眺めていた。陽は沈みかけて雲が暗い影を孕み、空は蘇芳色になりつつある。時おり吹く風は草を小さく鳴らし、涼やかだった。

母親たちが三、四人来て、「ご飯だよ」「帰っておいで」と、子どもたちを大声で呼んでいる。子どもたちは歓声をあげて母親たちの方に駆け寄って行く。その声と足音で、ソウさんは仕合わせな情景を思い浮かべる。仕事を終えたお父つぁんとおっ母さんと子どもたちとで夕餉の膳を囲み、仄暗い行灯のもとで賑やかに飯を食べる。その日あったことを語らい、笑い、ケンカをして、最後は床をのべて寝る。朝になればまたみんなで飯を食い、お父つぁんは仕事に出て、おっ母さんは洗濯や掃除、内職をして、子どもたちは駆け回って遊ぶ。毎日がその繰り返しだった。気がつけば子どもたちは大人になり、お父つぁんとおっ母さんは年老いてゆく。何でもない日々を積み上げることが仕合わせだと実感する。

私はゲンさんとおサヨと三人で住んで、いくばくかでもその仕合わせを知ったんだ。按摩のまま一人で生きていたら、御家人のままで生きていたら、そんな仕合わせとは無縁だっただろうよ。その仕合わせを味わえて思い残すことはもうないんだ。ソウさんは自分に言い聞かせたが、心の底ではサヨとは別れたくないという気持ちが渦巻いている。ゲンさんだって同じ気持ちにちがいない。

草原の向こうには竪川が流れ、さらにその向こうには夕闇に包まれた屋並みが見えている。ソウさんにはそれが見えないが、頭の中では濃密な夕暮れの思い出が去来していた――子どもの頃、夕方になると父親の指導のもと、庭で剣術の稽古に勤しんだ。稽古終わりには井戸の水を浴びて火照った身体を冷やした。その後は母親の給仕で父親と夕飯を食べた――思えばそれが仕合わせということだったのかもしれない。

息を合わせたように、二人はゆっくりと立ち上がる。何を思ったか、突然ゲンさんはソウさんを背負って歩き出した。ソウさんは戸惑ったが、抗うこともなくゲンさんのしたいようにさせた。ひとまわりも大きいソウさんを痩せたゲンさんが背負って長く歩けるはずもなく、途中で転んでしまった。そうすると今度はソウさんがゲンさんを背負って歩き出す。ゲンさんは子どものように喜び「真っ直ぐ歩け」「曲がれ」と肩を叩いて合図する。

ソウさんは泣きそうになった。ゲンさんの身体が紙のように軽かったから。「こんな身体でよく生きてこれたなあ」と思うと、胸が詰まって仕方がなかった。

店の前まで帰って来ると、炊きあがったばかりの甘い、飯の匂いがした。湯屋から戻ったサヨが夕飯の仕度をしているのだろう。ソウさんの頭に、湯気立つ白飯の画が思い浮かんだ。背中でゲンさんが生唾を飲み込む音がする。これから三人で膳を囲んで晩飯を食うのだと思うと、ソウさんはまた泣きそうになった。

十五

ゲンさんとソウさん、おサヨの三人が女中に通された座敷には、四隅に置いた大きな行灯が煌々と灯され、豪勢な膳が並んでいた。膳には見事な焼き鯛が置かれ、そのまわりの小鉢や皿には刺身や煮物などの料理がいくつも添えられている。上座にはすでに権吉と女房が並んで座り、三人はその向かいに並んで座った。

それは北番所が下した処分を権吉がソウさんに伝えた五日後の夜のことだった。その朝に銀次が来て、今晩は町内の叶屋という料理屋に来て欲しいという、権吉の誘いを告げた。断る理由もなくこうしてやって来たのだが、ゲンさんは妙に胸がざわついていた。

「今日はめでてえことがあったもんでな。それでおめえたちを呼んだんだ」

「めでたいことというのは、もしかしておサヨの」ソウさんが身を乗り出すように言う。

「そうよ。決まったよ。相模屋に嫁ぐことが」

「えっ、本当ですか。おサヨが相模屋に」

「本当だともよ。町役に相談をしたらな、それならおサヨをいったん私のところの養子にして、そこから相模屋に嫁がせれば誰も文句は言えまいと笑っておっしゃってくだすったんだ」

「何と……ありがとうございます」ソウさんは頭を深々と下げた。

サヨは突然の話にただポカンとなっている。ゲンさんはソウさんから相模屋におサヨが嫁ぐことになったと伝えられ、いきなり頭を殴られたような衝撃を受けた。

「それでな、早速で悪いが、この十九日に祝言を挙げることになったんだ」

「十九日……九日後でございますな」

「そうなんだよ」と呆れ顔で女房が言った。「あたしはそんなに急がなくってもいいのにって思うんだけど、こういうことは早くすませるにこしたことはないって。まあ、相模屋さんも喜んで引き受けて下さったからいいけどね」

「いえおかみさん、その方がよろしゅうございます。私もゲンさんもいつお迎えが来てもおかしくない歳でございますからな」

ゲンさんはソウさんから十九日に祝言があると伝えられ、別れの前に花嫁姿を見せてくれるつもりなのだなと勘づいた。堪らない気持ちがぶり返す。やっと気持ちに踏ん切りをつけて、廿日の日までは別れのことは考えまいとしてきたが、祝言の一言で心がつぶれそうなほど苦しくなった。

「なあに、おめえたちは何もしなくていいからな。花嫁衣装も紋付き袴も何もかも町役が段取りして下さるんだ。実はな、例の山岡様の騒ぎでは、町役もおめえたちには悪いことをしたとたいそう悔いておられてな。その罪滅ぼしだってことよ」権吉は声をあげて笑った。

ソウさんも笑ったが、心から笑っていないことはゲンさんにもすぐにわかった。サヨは涙ぐんで喜びを噛みしめている。それを見てゲンさんは、これでよかったのだという気持ちと、サヨと別れたくないという気持ちがないまぜになった。

酒が運ばれ前祝いの宴席がはじまっても、ゲンさんの心は晴れなかった。ソウさんは権吉やおフクと楽しそうに話している。ときどきサヨも話に入って皆で笑った。サヨはゲンさんに話の中身を伝えてくれたが、何も頭に入らず、ただ凍りついたように薄笑いを浮かべていた。

飲みつけない酒を飲んだ。親方が酒で命を落としたと思っているので滅多に飲まなかった。だがその酒を飲まずにはおられずつい飲み過ぎてしまい、足もとも覚束なくなり、厠に立とうとして派手に転んでしまった。そこで宴席はお開きとなり、ゲンさんは権吉の若い子分に背負われ、身体を案じるソウさんとサヨに付き添われ店まで帰って来た。

サヨがすぐに寝床を敷いて、ゲンさんは横になった。もどしはしなかったが気分が悪かった。

「私らも寝るとしようか。今日はくたびれたよ」

「あたしも。ごちそうって食べるとくたびれるんだね。おやすみなさい」サヨは笑って自分の部屋に入って行った。

ソウさんは暗がりの中で蒲団の上に座り、じっとして何か考えている。気分の悪さは治まったが、ゲンさんは眼が冴えて眠れず、寝返りをうった。

「やっぱり眠れないのかい」

ゲンさんは身を起こした。ソウさんは小行灯に火を入れると立ち上がり、台所へと向かった。そして水を入れた湯飲みを二つ運んで来た。

「喉が乾いただろう」ソウさんはゲンさんに湯飲みを差し出した。「酒なんて、四十年ぶりだよ」笑って言う。

水を一口飲んだ。火照った身体の中を冷えた水が流れ落ちてゆく感覚が心地よかった。うまそうに水を飲むソウさんの顔は、笑みを含んではいるがどこか寂し気に見える。ソウさんの今考えていることが、自分と同じように思えてならなかった。ゲンさんはソウさんの手を取り、ゆっくりと描いていった。描き終えてもソウさんは手を引かず、石像のようにじっとしていた。ゲンさんも動かなかった。隙間風に小行灯の火が揺れて、ソウさんの顔を明滅させる。ソウさんはゲンさんの手を握り締めた。その頰に一筋の涙が流れて光った。

「そうだね。おサヨの祝言なんて出たくないね。どうせ私は花嫁姿なんか見られないんだし……それに、そんなもの見ちゃあゲンさんがどうなるかわからないもの……祝言には出ないで、誰にも見送られないで、二人だけで江戸を出ようじゃあないか」ソウさんは笑顔で涙を拭くと、ゲンさんの掌にゆっくりと大きな○を描いた。

「さ、今日はもう寝よう」ソウさんは横になった。

ゲンさんは小行灯の火を吹き消して横になる。暗闇の中で胸を熱くしていた。いつだってソウさんと気持ちが一つであることに誇りを持ち、神様と仏様に心からの感謝をした。この時ほど独りでなくてよかったと思うことはなかった。


夜が明けて間がない境内の石畳をゲンさんは歩いている。夏の盛りはとうに過ぎて蝉の声も消え、初秋の冷えた風が吹くようになっていた。見上げると赤みがかった朝焼けの空に筋雲が流れている。

祝言の日取りを聞いてからも店は開けていた。それはサヨに所払いのことを気取られないようにするためで、ゲンさんはいつものように味噌汁をつくり、ソウさんはサヨとともに接客をした。手を動かしている時はよかったが、暇になると別れを思って落ち込みそうになり、無駄に仕事をつくったりもした。ソウさんも同じ気持ちなのか、始終忙しなく立ち働いている。二人きりになった時も互いにサヨのことには触れなかった。

「何かあったの？」と、台所でぼんやりしているとサヨから心配されたが、「疲れただけだ、もう齢だからな」と返すと、「あたしが嫁いだらゲンジイもソウジイも働かなくてもいいようにしてあげるからね」と真面目な顔で伝えた。ゲンさんは笑顔をつくったが、胸の内は苦しいばかりであった。

幾度となく所払いの話をしたい誘惑にかられた。だがそれをすればサヨが祝言を取りやめてでも二人について行こうとするのは眼に見えていた。

複雑な思いを抱えたまま、祝言の前日を迎えた。その夜にサヨは町役の家に入り、明日の祝言に備えることになっていた。味噌汁屋は開けず、夕方まで三人で過ごすつもりだった。だが夜中に目覚めたゲンさんは眠れないまま起き抜けて、気づけばこの小杉神社まで来てしまっていた。ここはソウさんが死のうとした場所であり、サヨを拾った場所でもあった。このまま家にいれば心が乱れて、おかしくなりそうで恐ろしかった。サヨにすべてをぶちまけてしまうかもしれなかった。

まだ人影はなかった。生い茂る木々の緑に囲まれた、小さな神社だった。ゲンさんは社殿に参ると、石段に座ってぼんやりとなった。朝陽で仄かに赤く染まった石畳の上で、幾羽かの雀が遊んでいる。もう秋だなと思った。物乞いをしていた頃は暑いと寒いしか感じなかったものが、サヨと暮らしはじめてからは、やれ桜が咲いた、川開きだ、紅葉がきれいだ、初雪が降ったと、四季を愛でるようになった。

幼い頃のサヨは野に遊び、花を摘むのが大好きだった。ゲンさんが春に竪川の土手に連れて行くと、スミレやタンポポを摘んで持ち帰り、水桶に浮かべてその大きな眼で飽きずに眺めていた。人一倍優しい子だった。生きているものであれば、小さな虫でも慈しみ、声をかけるような子だった。ソウさんはゲンさんに、「私たちがこんなだから、面倒見のいい、優しい子に育ったんだよ」と伝えたことがあったが、そうかもしれないとゲンさんは思った。

ゲンさんは立ち上がり、社殿横にある井戸へと行った。もう使っていないらしく、釣瓶もなく、木枠が朽ちはじめている。中を覗き込むと暗い底には雑草が生えているのが見え、空井戸となっていた。ここで半狂乱になって井戸に飛び込もうとしたことを思い出した。熊太ら人足たち、権吉の子分たちが必死に止めてくれた。懐かしさに笑みがこぼれる。子どものように泣きじゃくるゲンさんに、サヨが飛びついてきた時は夢ではないかと思った。サヨはおいらの涙を袖で拭いてくれながら自分も泣いてたっけな。

ゲンさんにしてみれば十五年という歳月が一夜の夢か朝露か、息を吸うて吐くほどに短く、儚く感じる。親というものはみんなこんな思いをするのかと、深いため息を吐いた。

いつの間にか空は澄んだ青空になっていた。太陽も上がり、少し暖かくなっている。もう午近くになっていた。腹が鳴った。こんな時でも食わないといけないのかと、ため息を吐く。ソウさんやサヨが心配しているといけないと思った。今日一日、なんとか我慢をすればいいんだと気持ちを奮い立たせると、ゲンさんは歩き出した。

店に戻るとソウさんが上がり框に座ってぼんやりとしていた。サヨの姿はなかったが、自分の部屋にいるのだろう。

「ゲンさんかい、どこ行ってたんだい。心配したよ」

ゲンさんはソウさんの前を過ぎて台所へと行くと、午飯をつくりはじめた。ソウさんが来て「おサヨが食べたくないと言ってね。私も食べる気になれなくて。つくるならゲンさんの分だけでいいから」と伝えた。

だがゲンさんは黙々と三人分の米を釜に仕掛け、味噌汁をつくりはじめた。そのうちゲンさんの食欲も次第に失せていった。つくるにはつくったが、食べる気にもなれず、板座敷に寝転がると、いつしか眠ってしまった。

眼をさますと夕方近くになっていた。ソウさんの姿はなかった。ゲンさんは身を起こし、しばらく虚ろな眼を宙に泳がせた。冷えた味噌汁の匂いが立ちこめている。サヨが心配になってきた。戸が開いてソウさんが入って来た。どこか吹っ切れたように明るい顔つきをしているが、その眼の縁が赤くなっている。

「そろそろだね。おサヨの様子を見て来ようか」独り言のように言って、ソウさんがサヨの部屋へと向かおうとした時、奥の部屋の襖が開いておサヨが出て来た。

薄紅藤の地に菊柄小紋をあしらった一番お気に入りの着物を着て、髪を整え、淡く白粉を顔にはたいて薄く紅をひいている。花が咲いたようだとゲンさんは思った。そこにはもう子どもでないサヨがいた。

ソウさんが板座敷に上がり、ゲンさんの傍に座った。サヨはいつにない神妙な面持ちで、二人の前できちんと正座をした。ゲンさんも思わず正座をして、その雰囲気を察したソウさんも正座をした。仄かな白粉の香りを嗅いで、ゲンさんは胸が詰まった。

サヨは両手をついて、ゲンさんとソウさんを真っすぐに見つめた。その大きな眼がみるみる潤んで、涙で膨らんでいく。ゲンさんはその眼をまともに見ることができずにうろたえた。

「ゲンジイ、ソウジイ……これまで本当にありがとうございました」サヨはゆっくりと深く頭を下げ、その肩を震わせた。

その様を見て、もう自分の娘ではないのだとゲンさんははっきり悟った。ソウさんは滲む涙を指で拭いていたが、その顔は微笑んでいる。そして二人は示し合わせたように、サヨに向かって頭を下げた。互いに頭を下げたままでいると、表から「あじぃー、あじぃー」と鯵売りの声が聞こえてきた。大きく腹が鳴った。

「ゲンさん、そんなに腹がへってるなら、無理をしないで食べればよかったんだよ」ソウさんが言うとサヨが声をあげて笑い出した。

「ソウジイ、今のはあたしだよ」

「何だお前だったのかい。朝も午も食べていないものな」ソウさんも笑って、ゲンさんの掌にそれを描いて伝えた。

「ゲンさんがご飯をつくってくれているよ。食べて行くかい」

「ううん、せっかくお化粧もしたし、着物が汚れるといけないから」

「そうかい、そうだね」寂しそうにソウさんは言った。

ゲンさんは台所に行くと水筒に味噌汁を入れ、握り飯を二つばかりつくって竹皮に包んだ。そしてサヨのもとへと戻ってそれを差し出した。

「ゲンジイ、ありがとう。じゃあこれ、向こうでいただくね」サヨはそれを押し頂くように受け取り、「家は同じ町内なんだから、泣くなんて変なんだけどね」と笑顔で言った。

「そうだよ」ソウさんは笑顔をつくった。

ほどなく、町役が寄越した迎えの駕篭が店の表に着いて、付き添いの使用人の男たちが三人、店の中へと入って来た。男らはサヨの荷物を持ち、護衛のように駕篭の傍についた。

「では行ってまいります」そう言ってサヨは駕篭に乗り込んだ。

夕闇が立ちこめ、肌寒い風が吹いている。駕篭はゆっくりと遠ざかって行った。ゲンさんとソウさんは寄り添うように立ち、駕篭が暗がりに溶けて見えなくなるまで見送った。

「行ったかい」ソウさんはゲンさんに身振りで訊いた。

ゲンさんはソウさんの掌に○を描いた。

「じゃあ私たちも仕度をしようか」

二人は店の中に入った。ソウさんが小行灯に火を灯した。ゲンさんは裏庭の厠の裏に隠していた買ったばかりの振り分けを持って来て、ソウさんと黙って旅仕度をはじめた。ゲンさんはふとサヨのものを何か持って行こうかと考えたが、それを見る度につらくなりそうでやめておいた。

「何か食べておかないとね」仕度を終えるとソウさんが言った。

二人は冷や飯に冷えた味噌汁をかけて食べたが、そのうちソウさんが手を止めて考え込んでしまった。ゲンさんが何だろうと見ていると、ソウさんは箸を置いてゲンさんの手を取った。

「なあゲンさん、明日はやっぱりひと目おサヨの花嫁姿を見てから江戸を出ようじゃあないか」

と、ソウさんは掌に描いて伝えた。

ゲンさんは花嫁姿を見てしまえば離れたくなくなるかもしれないと、不安な顔でただソウさんを見つめていた。

「相模屋に先回りして、町役の家から嫁いで来るおサヨを物陰からこっそり覗き見るだけだよ」とソウさんはゲンさんの気持ちを察したように伝えた。「ゲンさんに見て欲しいんだ。私の代わりにね」

ゲンさんは承知したが、それはゲンさんに花嫁姿のサヨをひと目見せてやりたいというソウさんの優しさだと気づいていた。ゲンさんはソウさんの掌に大きく◯を描いた。

「でもひと目見たらすぐに江戸を出るんだよ。里心がついちゃあいけないからね」ソウさんは言いながら箸を取り、うまそうにまた飯を食べ出した。ゲンさんもこれでいいのだと思い、飯をかき込んだ。


まだ暗いうちから店を後にして、ゲンさんとソウさんは相模屋へと向かった。互いに振り分けを肩に提げ、杖を前後に握って歩き続けた。二人とも吹っ切れたように薄暗い通りを呼吸を合わせて足を運んだ。空がだんだんと明るくなって夜が明けると、雲ひとつない青空がどこまでも続いていた。冷たい風が二人の顔をなぶって吹きすぎる。その冷たさにゲンさんの頭は冴えて、身が引き締まった。

二人は相模屋の向かいの両替商脇にある、天水桶の陰に身を潜ませた。相模屋には大戸が下ろされてまだひっそりとしている。そうして半刻ほど経った頃、にわかに大戸が開き、人の声が賑やかに聞こえはじめると、紋付き袴姿の正太郎やその父母、使用人たちがぞろぞろと出て来た。みな笑顔を浮かべ、そわそわと通り向こうに眼をやっている。ゲンさんはソウさんの肩を軽く叩いた。

「もうすぐおサヨが来るんだね」

明るい陽射しに包まれて、通り向こうから一行がやって来るのが見えた。紋付き袴姿の男たちに囲まれ、黒い塗りの駕籠が二挺、ゆっくりと近づいて来る。ゲンさんの心中は穏やかでなくなっていった。足が震え、胸が高鳴る。

一行は相模屋の前で止まった。先頭の駕籠から町役が下りて来て、正太郎らと畏まって挨拶を交わした。そしてもう一挺の駕籠の扉が開けられ、手を取られてサヨが下りて来た。眩いばかりの白無垢を着て、白いかぶり物を被っている。ゲンさんは思わず一歩踏み出した。その気配にソウさんが袖を引いて止めた。かぶり物の下から覗く、紅をさし、化粧を施したサヨの顔は陽光に美しく映え、それを見たゲンさんはソウさんの手を振り切り、堪らず通りに飛び出してしまった。

その時、サヨがゲンさんを見た。眼を見開き、ゲンさんの旅装束に不穏なものを感じ取ったように駆け寄ろうとした。だが周りの男たちが懸命に止め、身動きができなくなった。

「放して！　ゲンジイ！　ソウジイ！」サヨはなりふりかまわず身をよじって抗った。「放して！　行かせて！」

叫びを聞いてソウさんは慌ててゲンさんをつかまえ、背負って走り出した。ゲンさんは観念してソウさんの肩を叩いて方角を示し、ソウさんは両国橋を渡って賑やかな西両国の広小路まで駆けて来た。そしてソウさんは力尽きたようにゲンさんを下ろして座り込んだ。ゲンさんは荒い息をしているソウさんを見守った。

呼吸が落ち着くとソウさんは、

「どうだい、おサヨはきれいだったかい?」とゲンさんの掌に描いた。

ゲンさんはソウさんの掌にはみ出すほどの特大の○を描いた。

「そうかい、そんなにきれいだったかい……よかったね……よかったよかった」ソウさんはうなだれ、さめざめと泣き出した。

ゲンさんも鼻の奥がつんとなり、涙があふれ、往来を行き交う夥しい人たちの姿が滲んで見えた。ソウさんはひとしきり泣いて、「行こうか」と言って立ち上がり、ゲンさんも腰を上げた。杖のないのに気づいてソウさんの手を握り締めた。

互いに枯れ枝のような手をしっかりと結んで、二人は人混みの中を歩き出した。周りを行き交う人々はゲンさんとソウさんに次々にぶつかり、時に罵って過ぎてゆく。だがそんなことは気にも留めない。ゲンさんはソウさんの眼となり、ソウさんはゲンさんの耳となっていた。握り合った手が離れれば、はぐれて一生会うことができないかもしれない。二人はしっかりとつないで、覚束ない足取りで歩いて行った。

青空が眼に沁みる。その深い青さを見てゲンさんは「きっと大丈夫だ」と思った。お天道様とソウさんさえいれば生きていけると、それだけを確信した。サヨのことはもう考えず、ただしっかりとソウさんの手を引いて、明るい初秋の光の中を黙々と歩いて行った。

十六

箱鏡台の鏡に映る化粧を終えた自分の顔を見ながら、すっかり年増になったなとサヨは思い、眼の端の小じわを指で少し伸ばしてみた。そのうち思いがけずゲンさんとソウさんを思い出した。ゲンさんは十五の時までのあたしの顔しか知らないし、ソウさんはこの顔すら見たこともないんだったなと、当たり前のことを思った。

「ご新造さま、銀次さんがお見えですが」廊下から女中頭の声がして我に返った。

「そう、今行きます。旦那さまはどうしてます?」

「旅仕度を終えられて、庭でおチヨさまとお遊びになっておいでですが、お呼び致しましょうか」

「ううん、いいの」サヨはちょっと髪を直して立ち上がった。

まだ朝が早く、店は開いてはいなかった。番頭や手代、小僧らが慌ただしく動きまわって店を開ける準備をしている。銀次は店を入ったところで、二人の子分をしたがえて立っていた。

「銀次さんおはようございます」奥から出て来たサヨは笑顔で言った。

「ご新造さん、朝っぱらからお呼びだてして申し訳ございません。今日、お発ちになるということで、餞別にこれを――」と、紫の小袱紗の包みを上がり框に置いた。

サヨが包みを開くと、お守り袋と小判の紙包みがあらわれた。

「まあこんなこと、お守りはともかくお金は困りますよ」

「いえ、それはあっしからというより先代からの気持ちということでどうかお納め下さい……お伊勢さんに参られたおりには、お頭の分までゲンさんとソウさんのご無事をお祈りしていただきたいと思いやして」伏し目がちに銀次は言った。「お頭は亡くなる間際まで、お二人を案じておりやしたので」

その髪には白いものが雑じり、以前は目もとにあった険も消え失せ、今ではすっかり柔和になっている。銀次は五年前に突然胸を押さえて逝ってしまった権吉の後釜につき、今では貫禄のある親分となっていた。

「わかりました。では遠慮なく」サヨはそれを拝むようにして手に取った。「どうぞ上がって下さいな。お茶でも入れますから」

「それには及びません。ご仕度中、失礼しやした。では道中お気をつけなすって」銀次は頭を下げて子分とともに出て行った。

「銀次さんかい」

声がして振り向くと手甲脚絆をつけ、旅装束風体となった正太郎が娘のおチヨを連れて立っている。

「ええ、餞別とお守りをいただきましてね。いい親分さんになられましたよ」サヨはじゃれついて来るおチヨを膝に抱いて言った。

「それはありがたいね。お前がよければもう出立しようと思うんだがどうだい」

「よろしゅうございますよ」

今日は六歳になるおチヨを連れて正太郎と三人の使用人たちと一緒に、お蔭参りに出発する日だった。日頃は店が忙しく休む暇もない働きづめのサヨにとって、一年以上前から楽しみにしていた長旅でもあった。

相模屋に嫁いでから八年が経とうとしている。今でもことあるごとにゲンさんとソウさんのことを思い出した。夕食の時は必ず二人分の陰膳を置いて、無事であるようにと祈ってから食事をはじめた。だが、八年も経てばだんだんと記憶も薄れてゆくようで、陰膳を見るまでは思い出さない日さえある始末だった。思い出もおぼろげで、夢か幻のように思える時もある。

そんな気持ちが薄情にも感じて、ときどき心苦しくなるのだが、離ればなれになった以上はそれも避け難いようにも思われた。いや、あたしはもうすっかり満たされて、仕合わせになってしまったんだと感じた。正太郎はもちろん、義理の両親も優しくしてくれた。ゲンジイやソウジイのことさえも霞んでしまうほど、仕合わせになってしまった。

お蔭参りでもしようかと正太郎から言われた時、もうこれ以上の仕合わせはいらないと思った。だが「跡取り息子を授かるようにお参りするんだよ」と言われて、あたしにもまだ足りないものがあったんだと安堵して、お蔭参りに行くことにしたのだった。

ひと月にもおよぶ旅であったが、サヨは娘のおチヨと江戸にはない様々な景色を見て、その土地土地の美味しい食べ物を食べるのを楽しみにしていた。所帯を持って八年にもなると、興味は夫から子へと変わるものだと実感したが、それも満たされているからだろうと思った。

春だった。義理の両親や使用人たち総出で見送られて出発した時、向かいの両替商の庭に咲く桜の木の花が散り、たくさんの花びらが風に流れて舞っていた。使用人に背負われたおチヨが、その花びらをしきりに手でつかもうとしている様が愛らしかった。空を見上げると、幾枚かの花びらが陽光を照り返して一瞬の煌めきを見せた。美しいはずの刹那の光景に、なぜだかサヨの胸が騒いだ。

その胸騒ぎが当たったのか、出発して五日目におチヨが熱を出してしまった。幸い大磯の宿場町に入ってすぐの時であったので、旅籠で休ませて医者を呼んだ。医者の見立ては「慣れぬ旅で熱を出したのだろう。三日ほどは大事をとってここで安静にしたほうがよい」ということであった。それでサヨたちは仕方なく、大磯の宿に逗留することにした。サヨはおチヨの枕もとに座り、額に置いた濡れ手拭いを取り替えるなどして片時も離れず夜中も看病をしていたが、旅の疲れのせいかいつの間にか寝入ってしまった。

サヨは夢を見た。そこは東両国の味噌汁屋で、ゲンさんとソウさんを手伝い、客たちに味噌汁や握り飯を運んで働いている夢だった。あの頃の何でもない、いつもの光景であった。開け放った戸口からはさんさんと輝く陽光が射し込み、人足や職人たちで賑わう店の中を暖かく、明るく満たしていた。とても忙しい日で、サヨは弾む声をあげてネズミのように走りまわって立ち働いていた。そのうち陽が翳り、「おサヨ、そろそろ店を閉めようか」とソウさんの声がして、「わかった」と返事をしようとした時、眼がさめた。

すでに夜が明け、部屋の中は明るくなっていた。味噌汁屋の夢を見るのは初めてだった。サヨはぼんやりとなっていたが、目尻に涙が溜まっているのに気づいて指でそっと拭いた。そして我に返ったように身を起こし、おチヨの額に手をやった。熱は下がっていて胸を撫で下ろした。寝顔も赤みが消えて穏やかになっている。だがサヨはまだ、何かがおかしいと感じた。夢の続きを見ているようだった。

あっと声をあげそうになった。漂ってくる味噌汁の匂いが、ゲンさんのつくっていた味噌汁の匂いとまったく同じであったからだ。朝ご飯の仕度をしているのだろうが、サヨはいても立ってもいられなくなり、その匂いをたどって階段を下り台所へと向かった。

台所では姐さん被りをした飯炊きの女が五、六人ほどいて、湯気が立ちこもる中で忙しそうに働いていた。サヨは味噌汁の大鍋に近づくと、勝手に蓋を開けて中を覗き込んだ。揚げとワカメの味噌汁だったが、その色合いといいゲンさんのそれとそっくりだった。

「何だね、あんた」浅黒い顔をした痩せた女が声をかけてきた。

「すみません。この宿に泊まっている者なんですけど、この味噌汁を少しいただけませんか」

「え、今？」

「はい」

女は怪訝な顔をしたが、椀を持って来ると湯気立つ味噌汁を注いでサヨに渡した。

サヨは椀に鼻を埋めるように匂いを嗅ぎ、息を吹きかけて冷まし一口啜った。とたんに懐かしさでいっぱいになった。その味は間違いなくゲンさんの味噌汁だった。

「この味噌汁はどなたがつくられましたか」

「ああ味噌汁はね、おケイさんと決まってるんだ」

「おケイさん？」

「今裏庭で午飯の仕込みをやってるよ」

サヨは裏口から出た。青々とした植木に囲まれた広い庭で、やはり姐さん被りをした女が一人、井戸の傍で背を向けてイワシを捌いていた。

「もし――」サヨが声をかけると女が包丁を持つ手を止めた。

「何だい」女はちらっと振り向いて言うと、また捌きはじめた。

「あなたがつくられた味噌汁のことで訊きたいのですが。誰につくり方を教わったのかと思いまして」

女の動きが止まった。

「何だってそんなこと訊くんだい？」振り向かないままで女は言った。

「行き方知れずになっております私の身内に、似た味の味噌汁をつくる者がおりまして、もしやと思いまして」

「そうかい」女は小さな包丁をまな板の上に置いた。切っ先についた血が光っている。左右には捌く前と後のイワシがそれぞれ山のように積まれ、魚臭さが漂っていた。

「あの味噌汁はゲンさんという人に教わったんだよ」

「やっぱり。二人連れではなかったですか」

「二人連れだったよ……六、七年前にこの宿に泊まった時、あたしに味噌汁のつくり方を教えてくれたんだ。今じゃあこの宿の名物でね」淡々と女は言った。

「で、二人はどちらに向かうと言ってましたか？」

「この村にいるよ」

「え、ほんとですか」

「ああ。網元の許しをもらって、ここから街道筋を西に一里ほど行って、そこから南に折れた先にある〝こよろぎの磯〟という海辺にある小屋に住んでるはずだよ」

サヨはすぐにそこに行って確かめようと思った。「ありがとうございました」と言って行こうとしたのだが、「ちょっと」と、女が引き止めた。

「何でしょう」

「これからそこに行くのかい」

「ええ、そのつもりですけど」

女は姐さん被りをしていた手拭いを取り、それに捌いたイワシを二尾包んでサヨに差し出した。

「これを二人に渡しておくれよ」

「わかりました」サヨは受け取ると立ち去った。

女はしばらく呆けたように立って、サヨが入って行った裏口を眺めていた。継ぎのあたった着物を着て日に焼け、中年になって肉もついていたが、それはまぎれもなく、ソウさんをだまし金を巻き上げて逃げたおケイだった。やがておケイはのろのろとしゃがむと、包丁を手にしてまたイワシを捌きはじめた。

サヨは客間にいる正太郎のもとへと行き、おケイから聞いた話をした。正太郎は驚いて、「これも神様か仏様のお導きかもしれないね」と真面目な顔で言った。

「私、これからその浜に行ってみます」

「じゃあ私も一緒に行こう」

「いいえ。正太郎さんはおチヨの傍にいてやって下さい」

「そうかい。じゃあ誰か人を」

「いいの。私一人で大丈夫だから」サヨは自分だけでゲンさんやソウさんと会いたいと思っていた。それは心の内でずっと大切にしていたものを誰にも見られたくないし、知られたくもない心持ちであった。

「わかったよ。でも気をつけておくれ。日が暮れるまでには帰って来るんだよ」

サヨは子どものように大きく頷くと、客間を飛び出し旅籠を後にして、こよろぎの磯を目指して駆け出した。走るにつれ、潮の匂いがだんだんと濃くなっていく。もうすぐゲンジイとソウジイに会える——そう思うと、息があがっても走り続けることができた。


海は明るく、静かだった。小さな波が鱗のように眩く輝いている。晴れ上がった空とつながった紺碧の海には、玩具のように見える漁船が三つ四つ浮かんでいた。サヨは浜辺に立って、しばしその光景に見入った。そして我に返ってあたりを見回し、離れ小島のように砂浜に立つ掘っ建て小屋を見つけた。屋根瓦はなく、板屋根に点々と石が置かれている。砂に足を取られながらサヨは走り、その小屋にたどり着くと板戸を叩いた。

「ゲンジイ！　ソウジイ！　サヨだよ！」

だが返事はなく、立てつけの悪い引き戸を力を込めて開けた。白煙が立ちこめる中で囲炉裏端に座り、仕掛けた鍋の具合を見るゲンさんの姿が見えた。

「ゲンジイ！」サヨはゲンさんに抱き着いた。変わらないゲンさんの匂いにサヨは泣き出した。

「泣くんじゃあねえよ」ゲンさんの声がした。

サヨは驚いてゲンさんを見た。

「何を驚いてんだ。そうか、おサヨはまだ知らなかったんだよな。おいら耳が聴こえて、口もきけるようになったんだ」

「ほんと？」

「だからこうしておめえの声を聴いて話しているじゃあねえかよ」

ゲンさんの声はしわがれて低く、温かみを感じた。サヨはうれし涙をこぼしてゲンさんの手を取り、何度も撫ぜながら間近でゲンさんの顔を見つめた。ゲンさんの風貌は、八年前に別れた時と同じでまったく変わっていなかった。

「おめえいいところに来たな。ちょうど味噌汁ができたところなんだ。飲むか?」

「うん!」

ゲンさんは木勺で湯気の立つ味噌汁をたっぷり木椀に注ぐとサヨに渡した。

「実は入っちゃあいねえがな。熱いからよく冷まして飲むんだぞ」

サヨは言われるまま両手に持った木腕の味噌汁に息を二度三度と吹きかけ、一口啜った。今朝旅籠で飲んだ味噌汁よりも美味しく、これがまさしくゲンジイの味噌汁の味だと感じた。サヨは夢中で飲み干した。

「どうだ、うめえか」

「美味しい」

「そうだ、握り飯もあるんだ」ゲンさんは小皿をサヨの前に置いた。そこにはゲンコツのような握り飯が一つ乗っている。

サヨは握り飯を取ろうとしたが、

「ソウジイは?」と訊いた。

「ソウさんか」ゲンさんは俯いたきり黙ってしまった。

サヨは胸をつかれた。「ソウジイはどうしたの?」と恐る恐る訊こうとした時、「そこにいるのは誰だ」と背中で声がして振り返った。

戸口に逆光を受けた人影が立っていた。サヨが眼を凝らして見ると、それは白髪の髪と髭をぼうぼうに伸ばしたソウさんだった。痩せこけ、破れ放題のぼろ着を着て、杖代わりに棒切れを突いている。サヨには一瞬誰だかわからなかったが、眼をつぶって首を傾げているその様に、ソウさんの面影を見たのだった。

「ソウジイ……私、サヨだよ」

「おサヨ？」

「そう」

「お前、どうしてこんなところに」ソウさんは思わず二歩三歩と歩み寄った。

サヨは立ち上がり、ソウさんに抱き着いて泣いた。二人は立っていられないようにその場に崩れ折れた。ソウさんもサヨを抱きしめたが、まだ信じられない顔をしていた。

「正太郎さんとお蔭参りの途中でね。旅籠の女中さんからここにソウジイとゲンジイがいると聞いて来てみたの。これ、その人が渡してって。イワシだよ」と、サヨは懐から手拭いの包みを出して置いた。

「そうだったのかい……夢ではないだろうね」

「夢じゃあないよ」

「その声は間違いない。本当によく来たね……また会えるなんてね」そこで初めてソウさんの閉じた眼から大粒の涙がこぼれ落ちた。

「今ね、ゲンジイに味噌汁を飲ませてもらっていたんだよ」

「ゲンさんに?」

「ゲンジイロがきけて、耳も聴こえるようになったんだね」声を弾ませて言うと、ソウさんは暗い顔になってサヨから離れた。

「どうしたの?」

「ゲンさんは死んだよ。三年も前に」

「えっ、でも私たった今ここで」驚いてサヨが見返ると、そこには冷え切った囲炉裏があるだけで、ゲンさんの姿はどこにもなかった。サヨが茫然となっていると、

「夢でも見たんだろう。さ、ついておいで」そう言ってソウさんは出て行き、サヨも後に続いた。

ソウさんは棒切れを突きながら、小屋の裏の小高い丘の上を目指して歩いて行った。歩き慣れているのか、足取りは覚束ないが、真っ直ぐに歩を進めている。サヨは砂地にくっきりと映る、ソウさんの短い影を追うようについて行った。

ソウさんが足を止めたのは、ひと抱えもありそうな大きな黒い石の置かれた場所で、その周囲だけに黄色や赤や紫の草花が生い茂っている。ソウさんは膝をつくとその石を撫ぜ、そして手を

合わせた。それはゲンさんの墓だった。

「ゲンさん、おサヨが会いに来てくれたよ。望みがかなったね。うれしいね」

サヨも膝をついて手を合わせた。あたたかな陽射しに包まれた丘の上だった。波の音だけが繰り返し聞こえている。

「海が見てみたいとゲンさんが言い出してね。この村なら静かでいいだろうって、住むようになったんだ」

サヨは顔を上げた。その石は角のとれた丸い形をしていた。お地蔵さんの顔のようにも見えた。この下にゲンさんが埋まっているかと思うと信じられなかった。さっき会ったばかりという感覚が生々しく残っていて、悲しいとも感じない。

「お前は達者でやっているのかい」

「うん。娘ができたの。もう六つになるんだよ」

「そうかい。それはよかったね」

「ソウジイは大丈夫？　ちゃんと食べてるの？」

「ああ。ここは魚がたくさん獲れるからね」

「それならいいけど……ゲンジイは病で死んだの？」

「ああ。熱を出してね。風邪だと思うが、こじらせてね」ソウさんは棒切れを持つ手に力を込めて立ち上がると、海に顔を向けた。潮風が伸び放題の白髪を揺らした。

サヨも立ち上がり、並んで海を眺めた。心が晴れ晴れとするような明るくて広い海だった。ゲンさんがここで数年でもソウさんと暮らしていたかと思うと、いくばくかでも気持ちが救われる気がする。だが、恵まれた今の自分の暮らしを思うと、申し訳ない気持ちでいっぱいになった。

「でも本当によかったよ。達者で。それがゲンさんへの何よりの供養だ」

「ごめんなさい。私のためにこんなことになって」

「子が親に謝ることはないさ。親が子に尽くすのは当たり前だ。子の仕合わせこそ、親の仕合わせだもの」

サヨはソウさんの横顔を見つめた。

「さ、もうお帰り。正太郎さんが心配しているよ」

「何言ってるの。私と一緒に江戸に帰らないと」

「それは無理だ。私は罪人だし、この通りの老いぼれだ。一里と歩けやしない」

「じゃあ駕篭に乗って――」

「おサヨ、もういいんだよ」ソウさんは厳しい口調でさえぎった。「私は死ぬまで一緒にここにいると、ゲンさんと約束したんだ。ゲンさんは私の命の恩人だ。その人との約束を違えることはできないんだよ」

「それならゲンさんの墓を江戸につくればいいでしょう。そしたら一緒にいられるし」

ソウさんは黙り込み、俯いて何か考えている風だった。波音だけが二人を包み込むように大きく聞こえている。ソウさんは顔を上げた。

「やっぱり私は罪人だからね。手がまわればお前たちにも迷惑がかかる」

「どうして、そんなのおかしいでしょ。ゲンジイもソウジイも私を護るために闘ってくれただけじゃない。悪いのは向こうでしょ。なのになぜこんなめにあわなきゃいけないの」

ソウさんは微笑み、手を伸ばして指先でサヨの頬を流れる涙を拭いた。「ありがとうよ。その気持ちだけで十分だ……おサヨ、世の中にはね、自分の力ではどうにもならないことがたくさんあるんだ。みんなが仕合わせになることは難しいね。だから、せめてお前だけでも仕合わせになるようにと、ゲンさんと相談をして決めたんだよ。わかってくれるね。さ、もうお帰り」棒切れをついて小屋に向かって歩き出した。背中の着物の破れた大きな穴から、やけに白い肌が見え隠れしている。それを見てサヨは堪らない気持ちになった。

「お父っつぁん！」思わず叫んだ。「また来るからね！」

ソウさんは一瞬歩みを止めたが、また覚束ない足取りで歩き出した。砂の上に足跡が頼りない線となって残っていく。やがてソウさんは小屋の中に入ってしまった。

陽が傾きかけている。サヨは潮風を突っ切って駆け出した。波音が遠ざかり、聞こえなくなるまで懸命に走り続けた。走りながらサヨは正太郎に尋ねられたらこう言おうと決めていた――「人違いでしたよ。世間は広いですからね。そう易々とは見つかりませんよ」と。

だが、それを言わせまいとするように、数々の思い出が思い浮かんでは消え去ってゆく――子どもの頃に遊んでもらったり、一緒に働いたり、花火を見たり、旗本屋敷から一緒に逃げ出したり、ゲンさんやソウさんと泣いて笑った日々――サヨの胸の内で封印していた「会いたい」という気持ちが抑え切れずに噴き出す感覚であったが、その思い出が途切れた時、サヨの足が止まった。そしてサヨは正太郎に何と言っていいのか迷いながら、旅籠に向かってとぼとぼと歩き出した。

十七

その夜、いつもなら眠りについている時分だったが、ソウさんは眠れずに囲炉裏端に座ってじっとしていた。日中サヨと再会した興奮が冷め止まない。時をおうごとに増していくように感じる。ゲンさんが生きていたならどれだけ喜んだであろうかと、それればかり繰り返し思った。

囲炉裏に火を熾した。手拭いの包みから開いたイワシを一尾取り、竹串に刺すと囲炉裏に突き立てて炙った。皮が焼けて脂が滴り、香ばしい匂いがする。このイワシをサヨに渡した女中はおケイにちがいなかった。

あれは六年前の冬の日の夕方――ソウさんとゲンさんは旅籠の裏手にいた。金も底をついて三日も食べていなかったので、客の食べ残しでももらおうと勝手口から声をかけると女が一人出て来た。

「何だいお前さんたちは」うさん臭そうに言った女がおケイだった。

ゲンさんがソウさんの腕をきつくつかんだが、その時ソウさんにはそれがおケイだと気づかなかった。

「客の食べ残しでもいいから、何か恵んでくださいませんか」ソウさんが頼むと、おケイはしばらく考え、そして「ちょっと待ってて」と言って奥へと入って行った。

寒風に吹きつけられて二人は凍える身体を寄せ合い待っていた。やがておケイが出て来て「入って」と言い、ソウさんの手を引いて通したのが狭い行灯部屋だった。そこで初めてゲンさんから「あれはおケイだ」と伝えられ、ソウさんは驚いた。そのうち白飯に熱い魚の煮汁をぶっかけた丼飯を二つ、おケイが持って来て、

「今晩はここに泊まって行っていいから。その代わり明日朝ご飯を食べたら出て行っておくれよ」と言って出て行った。苦労したのか、すっかり老け込んだ声になったなとソウさんは感じた。

ゲンさんとソウさんは夢中で丼飯をかき込んだ。腹が満たされるとソウさんはおケイのことを

想った。せめてもの罪滅ぼしのつもりなのだろうと察したが、その時のソウさんはゲンさんに対するすまないという気持ちがぶり返しただけで、おケイへの恨みつらみなどはみじんもなかった。

寝る時分には年寄りの女中が来て古い蒲団を一組運んで来たが、ソウさんが「私たちは宿代を持っていないのですが、大丈夫ですかね」と言うと、「大丈夫なもんかね。おケイさんが払ったよ」と吐き捨てて出て行った。

やはり罪滅ぼしだとソウさんは得心した。おケイにもそんな気持ちが残っていたことが感慨深くもあった。ゲンさんはどんな気持ちでいるだろうかと思ったが、訊くことはできなかった。

翌日、夜明け前にソウさんが眼をさますと、ゲンさんは寝床にいなかった。ソウさんは胸騒ぎをおぼえたが、勝手がわからない旅籠ではうかつに中も歩けない。そのうち味噌汁の匂いが漂って来てソウさんはあっとなった。ゲンさんの味噌汁の匂いだった。

半刻ほどしてゲンさんとおケイが、朝ご飯の膳を持って入って来た。そこには鯵の干物に炊きたての白飯と味噌汁が乗っていた。

「この味噌汁、ゲンさんがつくってくれてね。つくり方も教えてくれて……あたし、料理がまともにできないからみんなにバカにされてたんだけど、こんなに美味しい味噌汁がつくれるならここにずっと置いてもらえるよ」おケイのその言葉に、心底うれしい気持ちがこもっている。

「ゲンさんはね、泊めてくれたお礼に味噌汁をつくったんですよ」ソウさんが言うと、少し間があって、いきなりおケイが突っ伏した。

「ごめんなさい！　あの時あたし、惚れた男をつなぎとめるためにソウさんに嘘ついて、ひどいめにあわせて……あれからあたしも男に捨てられてね。バチが当たったんだね」

「もう過ぎた話ですよ」ソウさんが言うと、いたたまれないようにおケイが出て行った。何を話していたかゲンさんが知りたがるかと思ったが、ゲンさんは黙って朝ご飯を食べはじめ、それでおケイのことは終わった。


海辺近くのこの土地がゲンさんは気に入ったようで、ここにいようとソウさんに伝えた。ソウさんもこれ以上どこかへ行こうにも身体がもたないと思い、この地に住もうと決めたのだった。漁師の親方に掛け合い、使わなくなった漁師小屋に住まわせてもらった。食うためにゲンさんとソウさんは毎日釣りに出かけた。入れ食いの日もあったが坊主の日もあった。坊主の日が続いてどうしようもなくなった時は、漁師や百姓の家をまわって雑魚やくず野菜をもらってきた。釣りをする時は二人で並んで砂浜に座り、潮風に身をさらしながら、ときどきは冗談も伝え合って笑ったりした。ソウさんはそんな何でもない日々を思い出し、とても愛おしく感じる。だがソウさんは気づいていた。ゲンさんが毎日のように夕暮れ時になると小屋の表で佇んでいることを。それはきっとサヨの無事を祈り、手を合わせていたにちがいなかった。なぜならソウさんもそうやっていたから。いつまで経ってもサヨのことだけが心残りだった。

ソウさんが息を引き取ったのは三年前の冬の夜で、風のきつい日だった。風に煽られた小屋が傾いで鳴り、凍えるような風が小屋の中で渦巻いていた。ソウさんは囲炉裏の火を消さないようにしながら、高熱にうなされるゲンさんを看病した。

ゲンさんがソウさんの手を探るように触れてきたので、ソウさんはその手を握った。乾いて熱い、小枝のように細い手だった。息遣いも次第に小さくなっていき、もう長くはないとソウさんは悟った。

ソウさんはあのことを謝らなければと思った。おケイとのことだった。ゲンさんの意識があるうちに、おケイとのことで嘘をつき、裏切って悪かったとすべてを打ち明けて詫びたのだった。ゲンさんの掌に画を描き、身振り手振りを交えて伝えるうちに、ソウさんは涙で震え、泣けて仕方がなくなった。最後にはゲンさんの手を押し頂いて泣くしかなかった。

涙がおさまった頃、ゲンさんはソウさんの掌に弱々しく画を描き、そして手振りを交えて何かを伝えはじめ、それをソウさんが諳んじた――

「ソウさんが、嘘を、つかなかったら……おサヨと、出逢わなかった……味噌汁屋も、できなかった……独りで、犬みたいに、死んでいった……ソウさんがいてくれて……ありがとう」

ゲンさんは最後にきれいな○をソウさんの掌に描いて、静かに、眠るように逝ってしまった。

ソウさんはゲンさんの顔に触れた。その指先で痩せた顔をなぞっていくと、微笑んでいるのを感じた。目尻に溜まった涙に触れて、そっと手を引いた。不思議と泣けなかった。悲しさより自分の手足がもがれた感覚が先にたった。

ソウさんはゲンさんの亡骸を背負って裏の丘に登り、そこに穴を掘って埋めた。適当な石を探し当てて置いた時、朝陽の目映さを瞼に感じた。潮の匂いを嗅ぎ、波音を聞きながら、自分の人生もこれで終わったとはっきり感じた。

見えたわけでもないのに、今でもその時の情景がありありとソウさんの頭に思い浮かぶ。悲しいもつらいもなく、ただただゲンさんは私自身であったのだと実感するだけであった。

眼がさめた時、陽はまだ出ていなかった。光をまったく感じない漆黒の闇に、急に息苦しさをおぼえて外に出た。ソウさんはしばらくその場に佇んだ。わずかに吹く潮風が凍えるように冷たい。潮の匂いまでが冷えている。波音が穏やかだった。

ソウさんは棒切れも突かないで、這うように歩き出した。裸足だった。冷えて湿った砂が足にまとわりついてくる。何とか丘を登り切り、ゲンさんの墓までたどり着いた。ひどく息が切れて、ソウさんは力尽きたようにその場に座り込む。

昨日、サヨと再会した時のことを思い出し、奇跡のようだと感じた。もう会えないまま死ぬのだと思い込んでいた。長生きしないと、神様がいると気づかないものなのかもしれなかった。

「お父つぁん！」とサヨから呼ばれたことを思い出して胸が詰まる。何度でも聞きたかった。ゲンさんにこそ聞かせてやりたかった。

サヨと別れてからは、サヨのことは一切話に出さなかった。それをすればつらいだけだとお互いにわかっていたんだ。だから私たちは心の奥底にしまい込んだ。昨日は、本当は泣きたかった。サヨを抱き締めて思う存分泣きたかった。でもそれをすれば互いに里心がついてしまうんだ。いや、私だけがいいめをみてはいけないんだ。それがゲンさんへのせめてもの恩返しというものじゃあないかな。

ふいにソウさんは身震いするような喜びで満たされた。それはゲンさんとサヨが自分のすべてであると感じたからであった。これほど捧げて、捧げられて生きたのだと思うと、もういつ死んでも悔いはなかった。今際の際のゲンさんが描いた○を思い出し、ゲンさんだってきっとそういう気持ちだったんだろうと合点した。

あたりが明るくなってゆくのを感じる。陽が出たのだろう。少し暖かくなり、どこかで鳥がさえずっている。空腹をおぼえた。まだ一尾残っているイワシでも焼いて食おうかと思い、両手をついて立ち上がった時、手を握られた感触があった。一瞬ゲンさんが迎えに来たのかと思ったが、その手は小さく柔らかでぬくもりがあった。幼い頃の、サヨの手の感触そのものだった。思わずその手をたぐり寄せて抱き締めた。子どもの時分のサヨの甘い匂いがした。

「おサヨ――」

「あたし、おチヨだよ。おっ母さんのとこに行こう」

耳もとでかわいらしい声がした。そうかとソウさんは気づいた。物怖じしない、しっかりとしたところはサヨにそっくりだと思った。おチヨは笑顔でソウさんの手を引いた。

その向こう、小屋の傍でサヨと正太郎が笑顔で手を振っている。ソウさんはおチヨに手を引かれるまま歩いて行く。

太陽はまだ上がったばかりだった。手をつないで結ばれた二人の影が砂の上を動いて行く。あたりは波音と潮の匂いに満ちていた。つないだ手のぬくもり、時おり聞こえるおチヨの息遣い、踏みしめる砂の音、そのすべてが夢のようだと思うと、なぜだかゲンさんの笑顔が思い浮かび、ソウさんは泣きそうになった。

本作は書下ろしです。

装丁　奥定泰之

松下隆一（まつした　りゅういち）

1964年兵庫県生まれ。京都市在住。作家、脚本家。

第10回日本シナリオ大賞佳作入選の作品『二人ノ世界』が永瀬正敏主演で同名映画化。

映画『獄に咲く花』、ドラマ『天才脚本家 梶原金八』『雲霧仁左衛門』などの脚本多数。

著書に『二人ノ世界』（河出書房新社）、第一回京都文学賞受賞作『羅城門に啼く』（新潮社）など。

ゲンさんとソウさん

2021年 1 月25日　第 1 刷発行

著　　者　松下隆一
発 行 者　三橋初枝
発 行 所　株式会社薫風社
〒332-0034 川口市並木3-22-9
電話 048-299-6789
印刷・製本　モリモト印刷株式会社

ISBN978-4-902055-40-5